하인들에게 주는 지침

하인들에게 주는 지침
Directions to Servants

조나단 스위프트 지음
류경희 옮김

평사리

하인들에게 주는 지침

초판 1쇄 펴냄 2006년 6월 1일
지은이 조나단 스위프트
옮긴이 김숙희
편　집 이승용
펴낸이 홍석근
펴낸곳 평사리 Common Life Books
신고번호 313-2004-172 (2004. 7. 1)
주　소 (121-865) 서울시 마포구 신수동 448-6 B동 2층
전　화 (02) 706-1970 팩　스 (02) 706-1971
www.commonlifebooks.com
ISBN 89-955561-8-8 (04850)
　　　89-92241-00-3 (세트)
* 잘못된 책은 바꿔드립니다.
* 가격은 표지에 있습니다.

(CIP제어번호 : CIP 2006001102)

차례

모든 하인들에게 주는 일반적인 지침 9
집사 32
요리사 58
정복 착용 하인 75
마차꾼 106
말구종 108
재산관리 집사 124
문지기 125
침실 담당 하녀 126
몸종 하녀 137
청소 담당 하녀 148
버터 제조 담당 하녀 155
보모 156
유모 158
세탁부 159
하녀장 161
여자 가정교사 162

작품해설 163

이제 더 이상 맹렬한 분노가
그의 가슴을 찢지 못하리라.

- 조나단 스위프트 묘비명에서

모든 하인들에게 주는 일반적인 지침

주인님이나 마님이 하인의 이름을 직접 호명하며 부르시는데 마침 그 하인이 자리에 없다면, 그 누구도 절대 대답을 대신 해서는 안 된다. 그랬다가는 귀찮은 일이 끝도 없이 계속 이어질 것이기 때문이다. 주인님 내외분도 특정한 하인을 부르시긴 했지만 누구든 오기만 하면 괜찮다고 생각하신다.

*

잘못을 저질렀을 땐 뻔뻔하게 적반하장으로 나가라. 그리고 마치 피해자인 양 행동하라. 이렇게 하면 주인님 내외분의 화가 오히려 누그러들 것이다.

*

　동료 하인 누군가가 주인님께 못된 짓을 하는 걸 보더라도 못 본 체 하라. 안 그랬다간 고자쟁이로 몰릴 위험이 있으니까. 하지만 한 가지 예외가 있다. 주인의 총애를 받으며 집안의 모든 하인들로부터 미움을 사고 있는 하인이다. 이런 하인에게는 집안의 모든 하인들이 저지르는 잘못들을 의도적으로 몽땅 다 뒤집어씌워라.

*

　요리사, 집사, 말구종(말을 타고 갈 때 고삐를 잡고 앞에서 끌거나 뒤에서 따르는 하인), 장보기 담당 하인 등 가족의 생활비와 관련되는 하인들은, 주인의 모든 재산이 자신의 고유 업무에만 사용되어야 한다는 식으로 행동해야 한다. 예를 들어 주인 재산이 연수 1천 파운드라고 추산된다면, 요리사는 이 정도의 재산이면 고기를 충분히 사도 괜찮고 절약을 할 필요가 없다고 자연스럽게 결론 내린다. 집사도 똑같이 판단을 할 것이고 말구종이나 마차를 끄는 마부도 마찬가지일 것이다. 이렇게 해야 모든 업무 분야에서 주인님의 명예를 드높이며 경비가 최대한 사용된다.

 손님들 앞에서 혼이 나고 있는데(주인이나 마님들에게 죄송한 말씀이지만 이는 무례한 행위이다.), 종종 낯선 손님이 당신을 위해 한마디 변명을 해주시는 때가 있다. 이때가 바로 당신에게도 변명을 할 자격이 생기는 순간이다. 그리고 나중에, 혹은 다른 일로, 주인님이 당신을 혼내실 때도 언제든지 주인님이 잘못일 수도 있다고 정당하게 결론을 내릴 수 있는 순간이다. 이 일을 동료 하인들에게 당신 방식대로 말하면 당신의 그런 결론이 옳다는 걸 더욱 확신하게 된다. 그들이 분명히 당신 편을 들어줄 테니까. 그러니 앞에서 얘기 했듯 주인님께 혼이 날 때마다 마치 피해자인 듯 불평을 하라.

*

 심부름 간 하인은 심부름에 필요한 시간(아마 두 시간, 네 시간, 여섯 시간, 여덟 시간 등 기껏해야 몇 시간 정도일 것이다.)이 지나도 밖에서 지체하길 좋아하며 안 돌아오기가 십상이다. 이런 유혹은 살아있는 사람이라면 언제나 거부하기 힘들 정도로 너무나 크다. 그러다 심부름에서 돌아오면 주인님께서는 노발대발 하시고 마님께서는 호통을 치시며 당신의 껍질을 홀랑 벗겨 버리고 두들겨 패서 당장 해고시켜 버리겠다고 하실 것이다. 바로 이럴 때를 대비하여 모든 경우에 써먹을 수 있는 전천후 핑계거리들을 준비해 놓고 있어야 한다. 예를 들면 이런 것들이다.

"오늘 아침 제 삼촌께서 일부러 저를 만나기 위해 런던까지 80마일이나 달려 오셨는데 내일 아침 동틀 무렵 돌아가실 예정이랍니다." "동료 하인 녀석 하나가 저한테 돈을 꿨는데 아일랜드로 도주했어요." "제가 아는 늙은 하인이 바베이도스(서인도제도 카리브 해 동쪽에 있는 섬. 17세기 중반부터 영국 이주민들이 개척을 시작했다.)로 가는 걸 배웅하고 왔습니다." "제 아버지께서 늙은 소 한 마리를 보내며 팔아 달라고 부탁하셨는데 밤 9시까지도 장사꾼을 못 만났습니다." "다음 토요일 날 교수형에 처해질 사랑하는 사촌과 작별을 하고 왔습니다." "돌부리에 걸려 발목을 삐어서 다시 걸을 수 있을 때까지 아는 가게에서 세 시간을 머무르다 왔습니다." "어떤 집 다락방 창문에서 제게

오물 벼락이 떨어져 그걸 깨끗이 씻어내고 냄새를 없애 버리기 전까지 창피해서 돌아올 수가 없었습니다." "수병 강제징발에 걸려 치안판사 앞에 끌려갔는데 판사님이 세 시간이나 저를 잡아놓고 심문을 했습니다. 그래서 난리법 석을 피운 끝에 간신히 풀려났습니다." "법 집행관이 저를 채무자로 잘못 체포하여 저녁 내내 채무자 구류소에 잡혀 있었습니다." "주인님께서 술집에 가셨다 봉변을 당 하셨다는 얘길 듣고 너무 상심이 돼서 폴 몰 가와 템플 바 지역 사이에 있는 백여 곳을 수소문하고 다녔습니다."

*

  주인님보다는 장사꾼들의 편을 들어라. 따라서 뭔가 사 오라는 심부름을 가면 절대로 값을 깎지 말고 장사꾼이 부르는 값을 후하게 다 지불하라. 무엇보다도 이것은 주 인님의 명예를 위한 것이다. 그리고 당신 주머니에도 몇 실링의 수입이 생길 것이다. 주인님의 돈을 너무 많이 축 낸 게 아닌가 하는 생각이 들더라도 걱정하지 말라. 주인 님께서는 가난한 장사꾼보다는 그 정도 손실을 더 잘 감 당할 수 있는 분이시니까.

*

 당신에게 특별히 할당된 고유 업무 외에는 그 어떤 업무에도 손가락 하나 까딱하지 마라. 이를테면 말구종 녀석이 술에 취해 있거나 외출중인데 집사인 당신에게 마구간 문을 닫으라는 지시가 내려진다면, 그때 준비된 대답은 "죄송합니다, 주인님. 저는 말에 대해서는 통 문외한입니다."이어야 한다. 또 만약 커튼 한쪽 구석의 못 하나가 빠져 박을 일이 있는데 그걸 정복을 입은 하인인 당신에게 박으라고 하신다면, 그런 일은 모른다고 답하라. 그러면 주인님께서 커튼업자를 부르실 것이다.

*

 주인님과 마님께서는 평상시에 하인들이 문을 닫고 다니지 않는다고 잔소리하신다. 하지만 두 분 중 어느 분도 문이란 닫히기 전에 반드시 열려져야 하며, 문을 열었다 닫았다 하면 두 배의 품이 든다는 생각을 하지 못 하신다. 따라서 가장 간편하고, 가장 손쉬운 최선의 방법은 이 두 가지 모두를 다 하지 않는 것이다. 그러나 머리에서 쉽게 잊혀지지 않을 정도로 귀찮게 자꾸 문을 닫고 다니란 지시를 받는다면, 온 방이 흔들리고 그 안의 모든 집기들이 덜거덕거릴 정도로 방문을 쾅 소리가 나게 닫고 나가라. 그 정도면 주인님 내외분께서 당신이 지시를 따랐다는 사실을 충분히 상기하실 것이다.

*

주인님이나 마님께서 당신을 총애하기 시작했다는 사실이 감지되면 기회를 잡아 아주 조심스럽게 사직하겠다고 예고하라. 그리고 그분들이 그 이유를 물으며 당신과 헤어지고 싶지 않아 하신다면, "저도 다른 주인보다는 주인님 내외분 댁에 더 있고 싶습니다. 하지만 가난한 하인들이 좀더 나은 자리를 찾으려 애를 쓴다 해도 비난 받아서는 안 되지요. 하인의 업무라는 게 상속되는 재산도 아니니까요. 그리고 일은 너무 많은데 급료가 너무 적습니다."라고 대답하라.

주인님이 너그러운 심성을 지니신 분이라면, 이 대답을 듣고 당신을 내보내기보다는 매 4분기 당 5실링 내지 10실링은 급료를 올려주실 것이다. 그러나 이런 일이 실패로 끝나고, 당신이 주인님 댁을 나갈 생각이 없다면 동료를 시켜 당신을 '그냥 남아있으라고 설득했다'고 주인님께 말하게 하라.

*

낮에 맛있는 음식을 슬쩍 할 수 있다면 잘 숨겨놨다가 그걸로 동료 하인들과 밤에 잔치를 벌여라. 그리고 술만 제공한다면 술을 관리하는 집사도 그 자리에 끼어줘라.

*

유식하다는 걸 자랑하기 위해 부엌이나 하인 방 천장에 초의 그을음을 이용하여 당신 이름이나 애인 이름을 적어놓아라.

*

당신이 만약 젊고 잘 생긴 편이라면 식탁에서 마님에게 속삭일 일이 있을 때마다 마님 뺨에 코를 바싹 갖다 대라. 또 입김 냄새가 괜찮은 편이라면 마님의 면전에서 마음껏 호흡을 내뱉어라. 내가 아는 바로는, 어떤 댁에서는 이런 행동이 아주 좋은 결과를 가져왔다고 한다.

*

서너 차례 부름을 받기 전까지는 절대로 나타나지 마

라. 개 이외에는 그 누구도 첫 번째 휘파람 소리에 나타나는 법이 없으니까. 그리고 주인님께서 "거기 누구 없어?"라고 부르신다면 어떤 하인도 나타날 필요가 없다. '거기 누구'라는 말은 그 누구의 이름도 아니다.

*

아래층에서 도자기 그릇들을 다 깨먹어 버렸을 땐(주중에 흔히 일어나는 일이다.), 구리 주전자가 충분히 그 대용품 역할을 한다. 그걸로 우유를 끓이고, 죽을 데우고, 맥주를 담을 수 있으며, 필요한 경우에는 침실용 변기로도 쓸 수 있다. 각자 필요한 용도에 따라 알맞게 사용하면 된다. 하지만 표면의 주석이 떨어져 나갈지도 모르니 절대로 씻거나 문질러 닦아서는 안 된다.

*

식사 때 하인용 나이프가 주어진다 하더라도 쓰지 말고 아끼고 주인님 나이프만 사용하라.

*

하인방이나 부엌에 있는 모든 의자, 걸상, 탁자는 다리가 세 개 이상을 넘어서는 안 된다는 걸 불변의 원칙으로 삼아라. 이런 원칙은 내가 아는 모든 가정에서 옛날부터 내려오는 불변의 관행인데 거기에는 두 가지 타당한 근거가 있다고 전해진다.

  첫째, 하인들이란 늘 기우뚱거리는 불안한 존재라는 사실을 상기시키기 위해서이고, 둘째는 하인들의 의자나 탁자가 주인님의 그것들보다 적어도 다리 하나가 더 적음으로써 겸손을 표하기 위해서이다. 그런데 요리사에게만은 이런 원칙이 예외가 될 수 있다고 인정된다. 즉 옛날부터의 오랜 관습에 의하여 요리사에게는 만찬이 끝난 후 앉아서 눈을 붙일 수 있는 안락의자가 허용되어 왔다. 그러나 그렇다고 하더라도 나는 요리사들이 다리가 세 개 이상인 의자에 앉는 걸 본 적이 없다. 그런데 요즘 들어 하인들의 의자나 탁자를 이처럼 불완전 상태로 이용하고 있는 유행에 대해 철학자들은 두 가지 원인(국가와 제국들의 가장 위대한 혁명을 불러일으킨다고 설명되는 원인들이기도 하다.) 탓이라고 설명하고 있다. 바로 사랑과 전쟁이다. 걸상과 의자, 탁자는 일상적인 장난이나 사소한 다툼에서 가장 먼저 집어던지며 사용하는 무기들이다. 그리고 이런 다툼이 없는 평화 시라도 의자들이란, 아주 튼튼하지 않다면, 그 위에서 이루어지는 사랑 행위들로 인해 고난을 겪게 마련이라는 것이다. 게다가 요리사란 자들은 대개 살찌고 육중한 몸매를 지니고 있으며, 집사라는 자들은 늘 약간씩 술에 취해 있지 아니한가.

*

나는 하녀들이 얌전치 못하게 속옷들을 걷어 올리고 그걸 옷핀으로 고정한 채 거리를 활보하고 다니는 꼴을 결코 참고 보지 못하겠다. 속옷이 더러워지는 걸 막기 위해서라는 변명을 하지만 그런 어리석은 변명이 어디 있단 말인가. 집에 돌아와서 깨끗한 계단을 서너 차례 오르락내리락 하다 보면 속옷에 묻은 먼지가 깨끗이 털리는 손쉬운 해결책이 있지 않은가.

*

동네에 사는 하인 친구와 길거리에 서서 수다를 떨 때는 길거리에 접한 대문을 열어두어야 한다. 그래야 집에 들어갈 때 노크할 필요 없이 들어갈 수 있다. 그렇지 않으면 마님께서 당신이 나갔다는 걸 알게 되어 혼을 내실 것이다.

*

하인 여러분께 진심으로 의견을 통일하고 화합하라고 권고한다. 그러나 내 말에 오해 없기를 바란다. 당신들끼리는 서로 싸워도 된다. 내 말은, 당신들에게는 공공의 적인 주인님과 마님이 있으며 공통으로 수호해야 할 공공의 목적이 있다는 걸 명심하란 소리다. 이 늙은 선배의 말을 믿어라. 누구든 앙심을 품고 동료 하인을 주인에게 고자질하는 하인이 있다면, 모든 하인들의 연합전선 하에 파멸시켜 버려야 한다.

*

겨울이건 여름이건 모든 하인들이 만나는 공통의 장소는 부엌이다. 바로 이곳에서 마구간, 외양간, 착유장, 식료품 저장실, 세탁실, 지하 술 창고, 육아실, 식당, 마님 침실 등과 관련된 집안의 모든 대소사들이 논의된다. 그리고 이곳에서는 각자의 고유 영역인 양 마음대로 편안하게 웃고, 소리치고, 장난칠 수 있다.

*

어떤 하인이 만취 상태로 집에 들어와서 도저히 그 꼬

락서니를 주인님께 보여드릴 수 없을 지경일 때는 모두 합세하여 주인님께 그 하인이 몹시 아파서 잠자리에 들었다고 말해야 한다. 그러면 그 말을 듣고 마님께서 그 불쌍한 하인을 위해 뭔가 위로가 될 만한 걸 내려주실 것이다.

*

주인님과 마님께서 외식을 하러 나가시거나 누군가를 방문하러 가신다면, 집에는 하인 한 명만 남겨 놓으면 된다. 물론 대문에서 손님을 맞거나 아이들을 돌봐줄 부랑아 구두닦이 소년을 구할 수 있다면 이마저도 필요 없다. 집에 누가 남을 것인가는 제비뽑기로 결정하라. 집에 남게 된 그 하인은 애인을 부르면 위안이 될 것이다. 함께 있는 걸 들킬 염려는 전혀 없다. 이런 외출 기회는 드물게 찾아오는 기회이고, 집안에 하인 한 명만 남겨놓으면 충분히 안전하므로 절대로 놓쳐서는 안 된다.

주인님과 마님께서 집에 돌아와 출타중인 하인을 찾으신다면 방금 전 사촌이 위독하다는 소식을 받고 막 나갔다는 식으로 대답하라.

*

마님께서 당신 이름을 부르시는데 우연히 네 번째 부르실 때야 비로소 대답을 했다손 치자. 그렇더라도 서두를 필요가 없다. 만약 꾸물거린다고 꾸중하신다면, 무슨 일로 부르시는지 몰라서 더 빨리 오지 못했다고 당당하게 얘기하라.

*

잘못을 저질러 꾸중을 들었을 때는 주인님 방에서 나와 아래로 내려가면서 주인님께 분명히 들릴 정도로 큰 소리로 투덜거려라. 그러면 주인님께서 당신에게 잘못이 없다고 믿게 되신다.

*

주인님이나 마님이 출타중이실 때 손님이 찾아오면 구태여 수고스럽게 그분의 이름을 기억하지 마라. 사실 그것 말고도 기억할 일이 얼마나 많은가. 그리고 그런 일을 담당할 문지기를 두지 않은 건 주인 잘못이다. 대체 누가 이름들을 기억할 수 있단 말인가. 그리고 이름을 외운다 하더라도 당신은 분명히 실수를 저지를 것이다. 글을 쓸 줄도 모르고 읽을 줄도 모르니까.

*

 주인님이나 마님께서 적어도 반시간 동안은 눈치 채지 못할 거라는 희망이 없다면 절대로 그분들께 거짓말 하지 마라.

*

 동료 하인이 해고를 당하면 주인님이나 마님께서 모르고 있었던, 그 하인이 저질렀던 모든 비리들을 다 고자질하라. 그리고 다른 하인들이 저지른 잘못들까지 그에게 다 뒤집어씌워라(하나씩 예를 들어서 설명하면서). 그리고 왜 진즉 그런 이야기를 보고하지 않았느냐고 힐책하신다면, "주인님, 사실 그런 이야기를 주인님께 했다가 심려를 끼쳐드릴까 봐 걱정이 돼서 그랬습니다. 게다가 제가 그런 말씀을 올리면 주인님께서 저를 악의를 지닌 나쁜 놈으로 생각하실지도 모르니까요"라고 대답하라.

*

 집에 어린 도련님들이나 아가씨들이 계신다면 하인들이 놀고먹는 데 큰 방해물이 된다. 유일한 해결책은 맛있는 과자로 이들을 매수해서 아빠, 엄마에게 고자질을 못하게 하는 것이다.

*

시골에 사는 주인을 모시고 있으면서 부수입을 챙기려는 하인들에게 충고한다. 방문한 손님이 떠나실 때는 늘 양옆에 두 줄로 늘어서서 그 손님이 당신들 사이를 지나갈 수밖에 없게 하라. 그러면 그분께서는 하인들이 그분을 본척만척 할 때보다 더 큰 뿌듯함을 느끼실 것이다. 물론 돈은 좀 줄어드시겠지만. 그리고 그분이 어떻게 행동하셨는지 잘 기억해뒀다가 다음번에 다시 오셨을 때 그에 합당하게 대접해드려라.

*

현금을 가지고 상점에 가서 물건을 사오라는 심부름을 갔는데, 마침 당신 주머니가 비어있을 때라면(늘 있는 일이겠지만), 그 현금은 주머니에 챙겨버리고 물건은 주인님 이름으로 외상을 달아놓아라. 이것은 당신에게도 득이 되고 당신 주인님의 명예도 높이는 일이다. 즉 주인님께서 당신의 추천에 의해 신용을 지닌 사람이 되는 거니까.

마님께서 뭔가 지시를 내릴 일이 있어 당신을 침실로 부르신다면, 반드시 방문을 열어놓고 문가에 서서 지시를 들어라. 그리고 마님께서 당신에게 지시를 내리시는 동안 시종 자물쇠를 만지작거리고 손에 자물쇠 고리를 쥐고 있어라. 깜박 잊고 방을 나설 때 문 닫는 걸 잊지 않기 위해서.

*

 주인님이나 마님께서 단 한 번이라도 당신을 부당하게 혼내시는 일이 있다면, 그때부터 당신은 행복한 하인이 되는 것이다. 왜냐하면 이제부터는 그 댁에서 일하는 동안 당신이 저지르게 되는 모든 잘못들에 대해, 그분들이 잘못 혼냈던 그 일을 상기시키며 당신이 잘못한 게 아니라고 우기기만 하면 되기 때문이다.

*

 주인님 댁을 떠나야겠다고 마음 먹었는데 주인님을 화나게 할까 봐 도저히 용기가 안 나 말씀을 못 드릴 때에는, 주인님께서 당신을 해고해야겠다고 마음을 먹게 되실 때까지 느닷없이 무례하게 굴고, 불손하게 굴고, 평상시

행동에서 벗어난 행동들을 하라. 그리고 그 댁을 떠난 후 복수를 하고 싶다면, 새 일자리를 구하고 있는 하인들에게 그 댁 주인님과 마님의 성깔이 아주 더럽다고 험담을 하라. 그러면 누구도 그 댁에서 일하려 들지 않을 것이다.

*

   감기에 걸릴까 봐 걱정하는 어떤 마님들은 아래층 하인들이나 하녀들이 뒷마당을 들락거리며 종종 문 닫는 일을 까먹는 걸 목격하시고는, 문이 자동으로 닫히게 만들기 위해 문에다 커다란 납덩이를 단 도르래와 로프를 설치해 놓으신다. 그러면 그 문을 열 때마다 강력한 손 힘이 필요하게 되는데, 이는 오전에만도 일 때문에 오십여 차례를 들락거려야 하는 하인들에겐 엄청난 고역이 아닐 수 없다. 하지만 이런 일에는 역시 창의력이 큰 도움이 된다. 즉 현명한 하인들이라면 무더운 납덩이가 효과를 발휘하지 못하도록 도르래를 묶어버림으로써, 견딜 수 없이 귀찮은 이런 일에 대해 효과적으로 대응한다. 그러나 나라면 차라리 문 밑에 무거운 돌덩이를 갖다 괴어 놓고 문을 항상 열어놓는 편을 택하겠다.

*

 하인들의 촛대는 항상 부러지기 마련이다. 그 어떤 물건도 수명이 영원히 지속되는 건 없다. 그러나 그에 대비한 많은 편법들을 찾아낼 수 있다. 간편하게 초를 병에다 꽂아 놓아도 되고, 징두리(비바람 따위로부터 집을 보호하려고 집채 안팎 벽의 둘레에다 벽을 덧쌓는 부분) 벽판에 버터 덩어리를 붙여 놓고 써도 되며, 뿔 화약통, 낡은 구두, 갈라진 지팡이, 권총 총신, 커피 잔, 술잔, 뿔로 만든 통, 차 주전자, 냅킨 꼰 것, 겨자그릇, 뿔로 만든 잉크통, 골수가 들어 있는 뼈, 가루반죽 등에 꽂아 써도 된다. 또 빵 조각에 구멍을 파서 거기에 초를 꽂을 수도 있다.

*

 밤에 하인들끼리 모여 잔치를 베풀기 위해 이웃 하인들을 초대했을 때는 부엌 창문을 두드리거나 긁어대는 것같이, 당신만 알아들을 수 있고 주인마님 내외분은 모르는 특별한 노크 방식을 알려 주어라. 그런 부적절한 시간에 그분들을 방해하거나 놀라게 하지 않도록 조심해야 된다.

*

모든 잘못은 애완견, 주인님이 사랑하는 고양이, 원숭이, 앵무새, 까치, 어린 아이 탓으로 돌리거나 최근에 해고된 하인에게 뒤집어씌워라. 이런 원칙을 지키면 누구에게도 해를 끼치지 않으면서도 변명할 수 있다. 그리고 주인님 내외분께서 당신을 혼내야 하는 번거로움을 덜어드릴 수 있다.

*

 당신이 하려는 일에 필요한 적절한 도구가 없다는 핑계로 일을 하지 않은 채 그대로 방치하지 마라. 모든 편법적인 수단을 강구하여 이용할 생각을 하라. 예를 들어 부지깽이가 없거나 망가졌을 때에는 부젓가락으로라도 불을 들쑤셔라. 만약 부젓가락도 이용할 수가 없다면 풀무 주둥이, 부삽 손잡이 끝자락, 불솔 손잡이, 자루걸레의 자루, 혹은 주인님의 지팡이라도 이용하라. 또 닭털을 태울 종이가 없다면, 집안에서 가장 먼저 눈에 띄는 책의 책장들을 찢어서 사용하라. 구두를 닦을 헝겊 조각이 없으면 커튼 밑자락이나 다마스크(피륙의 하나로 주로 커튼이나 책상보로 쓴다.) 천 냅킨으로 닦아라. 그리고 집사에게 요강이 필요하다면 커다란 은제 컵을 사용하라.

*

촛불을 끄는 방법은 여러 가지가 있으니 그 방법들을 모두 숙지하고 있어야 한다. 우선 벽판에 대고 비벼댈 수 있다. 그러면 초 심지가 즉시 꺼진다. 초를 바닥에 내려놓고 심지를 발로 밟아 끌 수도 있다. 초를 거꾸로 들면 촛농에 의해 심지가 꺼지기도 한다. 촛대의 초꽂이 구멍에다 초를 쑤셔 넣어도 된다. 촛불이 꺼질 때까지 손에 초를 들고 휘저어 돌려도 꺼진다. 잠자리에 들 때라면 초 끝자락을 요강 안에 적실 수 있다. 엄지손가락과 나머지 손가락 사이에 침을 뱉은 뒤 심지가 꺼질 때까지 집는 방법도 있다. 요리사라면 밀가루 통에 초를 집어넣을 수 있고, 말구종이라면 여물통이나 건초다발, 혹은 두엄더미에 초를 쑤셔 넣을 수도 있다. 청소 담당 하녀의 경우엔 거울에 비벼서 초를 끄면 된다. 초 심지만큼 거울을 깨끗이 닦아주는 건 없으니까. 그러나 이 모든 방법들 중에서 가장 빠르고 확실한 방법은 훅 불어서 초를 끄는 것이다. 이렇게 하면 초가 깨끗하게 꺼지고 다시 불을 붙이기도 쉬운 상태로 남게 된다.

*

가정에서 고자쟁이만큼 해로운 존재는 없다. 그런 자에 대해서는 모두 일치단결하여 상대하는 게 하인들의 으뜸 업무가 되어야 한다. 그가 무슨 일에 종사하든 모든 기회를 총동원하여 그가 하는 일을 망치고 훼방 놓아야 한다. 예를 들어 만약 술을 관리하는 집사가 고자쟁이라면 그가 식기 진열장을 열어 놓을 때마다 잔들을 깨 버려라. 혹은 고양이나 맹견을 그 안에 집어넣고 문을 잠가도 충분히 역할을 수행할 것이다. 포크나 스푼을 찾지 못하게 다른 곳에 숨겨라. 만약 요리사가 고자쟁이라면 그녀가 등을 돌릴 때마다 냄비 속에 숯 그을음이나 소금 한 주먹을 던져 넣어라. 혹은 고기구이 기름받이 판에 연기 나는 숯 덩이를 던져 넣거나, 구운 고기를 굴뚝 뒷면에 문질러 버리거나, 석쇠 뒤집는 기구의 열쇠를 감춰 버려라. 정복 착용 하인이 고자쟁이로 의심된다면 요리사를 시켜 그의 정복 뒷면을 더럽게 칠해버려라. 그가 수프 접시를 들고 갈 때 요리사에게 수프 한 국자를 들고 몰래 위층 식당까지 뒤를 따라가며 줄줄 흘리게 하라. 그리고 청소 담당 하녀를 시켜 마님이 들을 정도로 소리를 지르고 호들갑을 떨게 하라. 특히 몸종 하녀의 경우 마님의 환심을 사기 위해 알랑거리느라 고자질 할 가능성이 아주 높다. 이런 경우 세탁부를 시켜 세탁 중에 그녀의 속옷을 찢어버리게 하거나 세탁을 반만 하게 만든다. 그 몸종 하녀가 이에 대해 불평을 한다면 세탁부를 시켜 온 집안 식구들에게 그녀가 땀을 너무 많이 흘려 피부가 너무 더럽고, 부엌 식모가 흘리는 일주일치 땀을 한 시간 만에 흘려 속옷을 더럽힌다고 떠들어 대게 하라.

집사

하인들에게 지침을 주는 데 있어 내 오랜 관찰과 경험으로 비추어 볼 때, 나는 집사(술 창고, 주류 및 식기를 담당하는 남자 하인. 대개 하인들의 우두머리로 손님 접대 및 식사 시중을 총지휘하며 그 외에도 다양한 집안일을 관리한다.)야말로 그런 지침을 가장 먼저 받아야 할 당사자라는 사실을 알았다.

집사의 임무는 매우 다양하며 가장 많은 세심함을 요하기 때문에, 나는 기억할 수 있는 한 최선을 다해 그 임무를 일일이 살펴보면서, 하나하나 지침을 제시할 것이다.

*

식당에서 시중을 들 때는 가능한 한 모든 신경을 써서

당신의 수고를 덜고 주인님의 술과 잔을 아껴라. 우선 같은 식탁에서 식사를 하는 사람들은 모두 친구들이라고 할 수 있으므로 똑같은 잔 하나를 돌리고, 씻지도 말고 그 잔으로만 술을 마시게 하라. 그러면 당신은 많은 수고를 덜 수 있을 뿐만 아니라 잔이 깨지는 위험까지도 피할 수 있다. 그리고 누구든 적어도 세 차례 이상 요구하기 전까지는 술을 드리지 마라. 이렇게 하면 어떤 사람은 미안해서, 또 어떤 사람은 잊어버려서 술을 찾는 횟수가 줄어들게 될 것이다. 이렇게 되면 주인님의 술이 절약된다.

*

누군가 병맥주 한 잔을 원한다면 먼저 그 안에 불순물이 들어있진 않은지 병을 흔들어 본다. 그 다음엔 실수를 방지하고 술맛이 어떤지 알아보기 위해 맛을 본다. 마지막으로 당신이 깔끔한 사람이란 걸 과시하기 위해 손바닥으로 병 입구를 닦는다.

*

코르크 병마개는 병 입구보다는 병의 중간 부분에 있도록 보다 많이 신경 써라. 만약 코르크 마개에 곰팡이가 슬었다거나 술 안에 불순물이 떠 있다면 그 만큼 당신의 주인님은 술을 더 절약하는 셈이다.

*

남루한 차림새의 주인님 친구 분, 가정목사, 가정교사, 식객으로 얹혀사는 사촌 같은 사람들이 식탁에 앉아있고, 당신이 보기에 주인님이나 다른 손님들께서 이들을 별로 대수롭지 않게 여기고 있다는 낌새가 느껴진다면(우리 하인들보다 그런 낌새를 더 쉽게 눈치 채는 사람이 누가 있겠는가), 상전의 본을 따라 누구보다도 이런 자들을 더 홀대하는 것이 당신 같은 집사나 식탁 서비스를 담당하는 정복 착용 하인의 임무다. 그러면 주인님께서 더 이상 기쁠 수 없을 정도로 만족하실 것이다. 설령 그렇지 않다 하더라도 적어도 마님이라도 만족시켜드릴 것이다.

*

누군가 식사가 끝나갈 무렵 약한 맥주를 원한다면 수고스럽게 지하 술 창고까지 내려가지 마라. 그 대신 컵과 잔들에 남겨진 남은 술, 쟁반에 떨어진 술들을 한군데로 모아라. 단 들키면 안 되니까 사람들을 등지고 모은다. 반대로 누군가 식사가 끝날 무렵 독한 맥주를 원한다면 손잡이 달린 큰 조끼에 한 잔 가득 채워줘라. 그러면 그 중 상당량이 남게 될 것이고, 당신은 주인님의 술을 훔치는 죄를 저지르지 않고도 동료들에게 선심을 베풀 수 있다.

*

 신사 분들이 술병에 남는 술을 소중히 여기지 않는다고 생각한다면, 매일같이 와인 병에 남은 가장 맛있는 포도주를 정당한 부수입으로 즐길 수 있다. 이미 마개를 딴 병에서 한 잔 이상을 따르지 않았다 하더라도, 식사가 끝나면 새 술병을 내 놓아라.

*

 술병을 채우기 전에는 곰팡이가 슬어 있는지 특별히 주의하라. 그러기 위해서는 모든 병의 주둥이 속으로 입김을 강하게 불어본다. 그런 다음 그 안에서 당신의 입김 냄새 외에 아무런 냄새도 나지 않는다면 즉시 병에 술을 채워라.

*

 급히 술을 빼내 오라는 심부름을 받고 내려갔는데 술통

의 통풍 구멍이 잘 열리지 않는다면 구태여 그것을 열려고 애쓰지 말고, 그냥 술통 꼭지를 입에 물고 강하게 입김을 불어넣어라. 그러면 즉시 입안으로 술이 콸콸 쏟아져 나오는 걸 알게 될 것이다. 그렇지 않으면 술통 통풍구멍을 열되, 주인님이 부를지도 모르니 꾸물거리지 말고 신속히 다시 닫아라.

*

주인님이 가장 아끼시는 최상품 술맛이 궁금하다면, 원하는 양을 모을 때까지 가능하면 많은 술병들을 병목 아래까지만 채워라. 그리고 술이 모자라는 병목 부분은 조심스럽게 깨끗한 물로 보충하라. 이렇게 하면 술의 양이 줄어들지 않게 된다.

*

찬장에 보관하는 독한 에일 맥주와 싱거운 맥주를 관리하는 창의적인 탁월한 방법이 최근 발견된 바 있다. 예를 들어 어떤 신사 분께서 에일 맥주 한 잔을 청한 뒤 그 절반만 마셨는데, 또 다른 신사 분이 싱거운 맥주를 요구했다고 치자. 그러면 즉시 잔에 남은 에일 맥주를 큰 조끼

잔에 비우고, 그 빈 에일 맥주잔을 싱거운 맥주로 채운다. 그리고 식사가 끝날 때까지 이런 작업을 거꾸로 번갈아 가며 계속한다. 이렇게 하면 당신은 세 가지 중요한 목적을 달성할 수 있다. 첫째, 잔을 씻는 수고를 덜 수 있으며 잔을 깨뜨릴 위험도 줄어든다. 둘째, 손님들에게 실수 없이 원하는 술을 확실하게 드릴 수 있다. 그리고 마지막으로, 확실하게 술이 한 방울도 낭비되지 않는다.

*

집사들이란 종종 제 시간에 맥주를 갖다 놓는 걸 잊는다. 반드시 식사 두 시간 전까지는 술을 올려다 놓는 걸 잊지 말라. 그리고 술들을 양지바른 곳에 두어서 당신이 게으름뱅이가 아니라는 사실을 사람들이 알게 하라.

*

어떤 집사들은 맥주를 따를 때(혹은 옮겨 부을 때), 많은 양을 흘린다. 병술을 따를 때는 병을 잽싸게 뒤집어 따라라. 술의 양이 아마 두 배는 돼 보일 것이다. 또 이렇게 따르면 확실하게 단 한 방울의 맥주도 흘리지 않으며 거품 때문에 맥주 안의 불순물도 안 보인다.

*

 그 날 사용한 냅킨이나 식탁보로 접시를 닦고, 나이프를 닦고, 더러워진 식탁을 훔쳐라. 그러면 설거지나 청소가 단 번에 끝나는 셈이다. 게다가 고무 수세미가 닳는 일도 막을 수 있다. 이런 알뜰한 절약정신의 대가로 당신은 합법적으로 자신을 위해 최상품 다마스크 천 냅킨들을 잠자리용 나이트캡으로 활용할 수 있으리란 게 내 판단이다.

*

 접시를 닦고 난 후에는 온통 딸그락거리며 흰 백악질 부분이 잘 보이게 진열하라. 그래야 마님께서 당신이 그걸 깨끗이 닦지 않았다는 생각을 하지 않으시니까.

*

 양초 관리보다 집사의 솜씨가 더 많이 드러나는 업무 분야는 없다. 물론 이 업무의 일정 부분은 다른 하인들의 몫이기도 하다. 그러나 집사야말로 이 업무의 가장 중요한 책임자이기 때문에, 나는 이에 대한 나의 지침들을 주로 집사 여러분들을 주 대상으로 삼아 제시하겠다. 나머지 하인들은 경우에 따라 이런 지침들을 차용하면 될 것이다.

첫째, 낮 시간에 촛불이 켜져 있는 걸 막고 주인님의 양초를 절약하기 위해서는 땅거미가 진 후 반시간이 지날 때까지는 절대로 초를 꺼내지 말라. 아무리 여러 차례 초를 가지고 오라고 해도 그래야 한다.

촛대의 초꽂이 구멍 가장자리까지 촛농이 꽉 차고, 심지가 그 위에 떠오를 때까지 초를 태워라. 그런 다음에야 그 위에 새 초를 갖다 붙여라. 물론 이렇게 하면 초가 쓰러질 위험이 있기는 하다. 그러나 사람들에게는 초가 훨씬 더 멋지고 오래가는 것처럼 보일 것이다. 가끔 변화를 주기 위해 초꽂이에 초를 느슨하게 꽂아서 그 밑바닥이 깨끗하다는 것을 보여주어라.

초가 초꽂이 구멍에 비해 너무 크다면 적정한 크기가 될 때까지 불에다 초를 녹여라. 그리고 그을음 자국을 감추기 위해 절반 가량을 종이로 싸라.

*

틀림없이 당신은 최근 들어 상류층 사람들이 엄청나게

초를 낭비하는 걸 지켜보았을 것이다. 훌륭한 집사라면 스스로의 수고도 덜고 주인님의 돈도 절약하기 위하여 이런 일을 절대로 하지 말아야 한다. 초를 절약하는 일은 여러 가지 방식으로 행할 수 있다. 이를테면 벽이나 기둥의 돌출촛대에 초를 꽂으라는 지시를 받았을 때가 그 좋은 경우다.

돌출촛대는 초를 엄청나게 소모시키는 낭비요인이다. 따라서 늘 주인님의 이익만을 생각하는 집사인 당신으로서는 돌출촛대의 사용을 막기 위해 최선을 다해야 한다. 따라서 당신이 할 일은, 반드시 양손으로 초가 비스듬하게 기울어지도록 초를 초꽂이 구멍 안에 밀어 넣는 것이다. 이렇게 초를 꽂으면, 숙녀 분의 머리 장식이나 신사 분의 가발이 우연히 그 밑에 있어서 막아 준다면 모르겠지만, 촛농이 바닥에 뚝뚝 흘러 떨어질 것이다. 또 초를 아주 느슨하게 꽂으면 초가 돌출촛대의 받침대 유리 위로 넘어져 촛대가 산산조각이 나버린다. 이렇게 되면 부서진 돌출촛대는 사용할 수가 없기 때문에 초 값이나 유리업자에게 나가는 주인님의 돈이 크게 절약될 것이고 당신도 수고를 덜 수 있을 것이다.

*

 초는 절대로 너무 많이 타지 않게 하라. 그리고 넉넉하게 남은 토막 초들을 합법적인 부수입으로 챙겨서 친구인 요리사에게 주어 부엌살림 늘리는 데 보탬이 되게 하라. 당신이 일하고 있는 집에서 이런 일이 허용되지 않는다면 자비심을 베풀어 가끔 당신 심부름을 대신 해주는 가난한 이웃들에게 그 토막 초들을 보시하라.

*

 빵을 잘라내어 토스트를 구울 땐 그냥 멍청히 바라보며 서 있지 마라. 석쇠 위에 빵을 올려놓은 뒤, 다른 일을 하라. 그러다 돌아와서 토스트가 너무 타버렸다 싶으면, 탄 곳을 떼어낸 후 식탁에 차려내라.

*

 식기 진열장을 정돈할 때는 가장 멋진 잔들을 가능한 한 식탁과 가장 가까운 곳에 진열하라. 그렇게 하면 그 잔들이 두 배의 빛을 발하고 훨씬 더 멋져 보일 것이다. 물론 그 결과 최악의 경우에는 대여섯 잔 정도가 깨질 수도 있지만, 그건 당신 주인님의 재산에 비하면 새 발의 피다.

*

　주인님의 소금을 절약하기 위하여 유리잔들을 당신의 소변으로 닦아라.

*

　소금이 식탁 위에 떨어졌다면 그걸 그냥 버리지 마라. 식사가 끝나고 나서 소금이 들어 있는 채로 식탁보를 접은 뒤 그걸 툴툴 털어 소금을 소금그릇 안에 넣고 다음날 다시 사용하라. 그러나 가장 손쉽고 확실한 방법은 식탁보를 치울 때 그 안에 나이프, 포크, 스푼, 소금그릇, 부스러진 빵 조각, 남은 음식물 등을 모두 함께 몰아넣는 것이다. 그렇게 하면 확실하게 그 어떤 것도 버리지 않게 된다. 남은 음식물을 창문 밖 거지들에게 털어 주어 그들이 보다 편리하게 그것들을 먹게 하는 게 더 낫겠다고 생각하는 경우는 예외다.

*

　병 안에 맥주나 와인, 기타 술들의 찌꺼기가 남아 있더라도 그대로 놔둬라. 그런 걸 일일이 세척하는 건 시간 낭비다. 왜냐하면 전체 그릇들을 다 함께 설거지 할 때 한꺼번에 하면 되기 때문이다. 그리고 그때는 병을 깨도 변명하기가 더 쉽다.

*

주인님의 술병에 곰팡이가 많이 슬어 있거나, 술병이 몹시 더럽거나, 와인 찌꺼기가 끼어 있다면, 양심의 견지에서 충고한다. 그런 술병은 다음번에 맥주나 브랜디를 구입하러 갈 때 가장 먼저 술판매상에게 갖다 주어라.

*

저녁 식사 후 컴컴해지면 양초를 아끼기 위해 접시와 그릇들을 같은 바구니에 함께 담아 날라라. 당신은 어둠 속에서도 그것들을 분리해 충분히 정리할 정도로 식기 진열장에 대해 훤하지 않은가.

*

식사시간이나 밤늦은 시간에 손님이 찾아 올 예정이라면 반드시 외출하라. 당신이 열쇠를 갖고 있는 물건들을 하나도 꺼내 쓸 수가 없다. 그러면 주인님의 술을 절약할 수 있고 식기가 닳는 일도 막을 수 있다.

*

 이제 당신의 경제생활 중 아주 중요한 부분인, 대형 나무 술통(238리터에서 530리터까지 들어감.)에 들어 있는 와인을 병에 옮겨 담는 일에 대해 이야기 할 때가 되었다. 이 일을 함에 있어 나는 우선 세 가지 덕목을 권장하겠다. 청결, 검약, 형제애다. 코르크 마개는 가능한 한 가장 긴 걸 골라라. 그래야 모든 병의 병목 부분 양만큼의 와인을 절약할 수 있다. 병을 고를 때는 가능한 한 가장 작은 병을 골라라. 그래야 와인 병들의 단위 수량이 늘고 주인을 흡족하게 할 수 있다. 와인의 양이 많이 들어가든, 적게 들어가든 와인 병은 와인 병이니까. 그리고 주인님께서도 병의 개수가 늘어나면 불평을 하실 수 없다.

*

 모든 병은 세척 후 물기가 남아있으면 안 되므로 와인으로 세척해야 한다. 어떤 하인들은 잘못된 검약 정신에서 같은 와인으로 12개들이 한 박스의 와인 병들을 세척하려고 한다. 그러나 나는 좀더 세심하게 두 병마다 한 번씩 세척용 와인을 바꿔주라고 충고하겠다. 세척에 필요한 와인 양은 1질(약 0.14리터)이면 충분할 것이다. 남는 포도주는 병들을 준비해 두었다가 모은 후, 부수입으로 삼아 팔아먹어도 되고 요리사와 함께 마셔도 좋다.

*

대형 나무 술통 속의 술은 너무 낮은 밑바닥까지 빼내지 마라. 또 술이 탁해질 수 있으니 기울이지도 마라. 술이 흘러나오는 속도가 느려지면 얼른 통을 흔들어 댄 후, 유리잔에 한 잔을 따라 주인님께 가져가라. 그러면 주인님께서 당신의 신중함을 칭찬하시면서 통 안에 남은 술을 모두 당신 몫으로 선물하실 것이다. 다음날 당신은 술통을 기울이기만 하면 된다. 그러면 보름도 안 돼서 당신 마음대로 처분할 수 있는 맛좋고 깨끗한 와인 한 박스나 두 박스를 갖게 될 것이다.

*

와인을 병에 넣을 때는 먼저 입안에 씹는 담배를 잔뜩 넣은 후, 다시 병마개로 쓰일 코르크 마개들도 가득 넣어라. 그런 후 마개를 입에서 꺼내 사용하면 와인에서 진짜 담배 맛이 나게 된다. 이 맛은 훌륭한 와인 감식가들에게는 아주 기분 좋은 맛이다.

*

의심스러운 술병에 들은 와인을 마개 달린 유리병에 옮겨 따르라는 지시를 받았을 때, 마침 술병의 술이 1파인트(0.568리터) 정도 빈 상태라면 병을 솜씨 좋게 흔든 후 유리병에 술을 따라라. 술이 흐릿해지기 시작할 것이다.

*

와인이나 기타 술이 든 술통의 술을 병들에다 옮겨 담을 때는, 작업을 시작하기 바로 전에 병들을 세척하라. 그러나 반드시 이 씻은 병들을 다 말리지 마라. 이처럼 세심하게 잘 관리하면 주인님의 술통 하나당 적어도 몇 갤런(4.56리터)의 술을 절약하게 될 것이다.

*

대형 나무 술통의 술을 병들에다 옮겨 담는 때야말로 주인님의 명예를 높이고, 동료 하인들, 특히 요리사에게 선심을 베풀 수 있는 절호의 기회다. 큰 술통에 들어있는 많은 양의 술에서 술 몇 병 쓱싹한다고 해서 대수겠는가? 하지만 빼낸 술들을 그들이 반드시 당신 앞에서 마시게 하라. 그 술들이 다른 사람들에게 분배될 수도 있으며, 그렇게 되면 주인님의 오해를 살 수도 있기 때문이다. 만약 그들이 취한다면 아프다는 핑계를 대고 가서 자라고 충고하라. 특히 이 마지막 주의사항은 남녀를 불문하고 모든 하인들이 지키길 바란다.

*

만약 주인님께서 술통의 술 양이 기대에 못 미친다고 생각하신다면, 술통이 샌다는 핑계가 가장 확실한 핑계다. 그리고 술장수가 제대로 양을 채워주지 못한 것 같다거나, 술통장수가 평균 규격에 미달하는 술통을 팔아먹었다고 말씀드리는 것도 훌륭한 핑계다.

*

식사 후 차 마실 물이 필요하다면(많은 가정에서 이 일도 집사인 당신이 할 일이다.), 불을 지피는 수고를 덜고 보다 빨리 물을 대령하기 위해서, 양배추나 생선을 끓이던 냄비의 끓는 물을 퍼내 찻주전자에 붓고 이용하라. 그러면 차의 신맛과 떫은맛이 가셔서 건강에 훨씬 더 유익한 차가 된다.

*

초를 절약하는 방법으로 돌출촛대, 홀, 계단, 등잔 등의 촛불을 초꽂이 구멍 안까지 다 타 들어가 저절로 꺼지도록 놔두는 방법이 있다. 이렇게 하면 주인님이나 마님께서 심지 타는 냄새를 맡으시고 당신의 절약 정신을 칭찬하실 것이다.

*

손님께서 식사 후 코담배 갑이나 이쑤시개 케이스를 식탁 위에 놓고 가셨다면 그걸 팁이라고 생각하라. 그런 일은 모든 하인들에 의해 용인되는 일이며 주인님이나 마님에게도 해가 되는 일이 아니다.

*

신사 숙녀 손님들이 주인님 댁에 식사를 하러 오셨을 때 혹 시골 지주님들을 모시게 되었다면, 반드시 그분들을 모시고 온 하인들, 특히 마차를 몰고 온 마차꾼을 취하게 만들어라. 이것은 당신의 주인님의 평판을 위해서이다. 주인님이 받게 되는 평판을 위해 당신은 모든 행동에 특별히 신경을 써야 한다. 그런 걸 가장 잘 판단하는 장본인이 당신이기 때문이다. 앞으로 증명해 보이겠지만, 모든 가정의 명예와 평판은 집사, 요리사, 말구종의 손에 달려 있다.

*

 저녁 만찬 자리에서 촛불을 끌 때는 식탁 위에 세워져 있는 그대로 꺼라. 그게 가장 안전한 방법이다. 타오르던 심지가 심지 자르는 기구에서 빠져 나온다면 수프 접시나, 백포도주, 쌀 우유, 기타 음료에 빠져버릴 가능성이 있다. 그러면 그 안에서 즉시 아무런 냄새도 풍기지 않으면서 꺼져버릴 것이다.

*

 촛불의 심지를 끌 때는 항상 심지 자르는 기구를 열어놓아라. 그래야 저절로 재가 될 때까지 심지가 다 타버려 떨어지지 않을 것이며 식탁을 더럽히는 일이 생기지 않는다.

*

 소금 그릇에 소금이 얌전히 담겨져 있게 만들려면 물기 묻은 손바닥으로 소금을 꾹 눌러라.

*

 주인님과 식사를 마치신 손님께서 가실 때에는 반드시 그분 눈에 잘 띄도록 서서 대문까지 따라가며 배웅하라. 그리고 기회가 있을 때마다 그분을 똑바로 바라봐라. 아마 1실링 정도의 소득은 생길 것이다. 그러나 그 손님께서 만약 하룻밤을 묵어가신다면 그때는 요리사, 가정부, 청소 담당 하녀, 말구종, 설거지 담당 하녀, 정원사 등을 모두 불러 당신을 따라 양편으로 늘어서서 홀까지 배웅하게 하라. 그 손님께서 손님의 본분을 다 하신다면 자신의 명예를 높이는 일이 될 것이고, 주인님의 손해는 아무 것도 없을 것이다.

*

 식탁용 빵을 자르기 위해 칼을 닦을 필요는 없다. 한두 조각 잘라내다 보면 저절로 닦여진다.

*

 술병에 술이 가득 들어 있는지 알아보려면 병마다 모두 손가락을 넣어 보아라. 그게 가장 확실한 방법이다. 촉각에 필적할 만한 것은 없다.

*

 지하 술 창고에 에일 맥주나 약한 맥주를 가지러 갈 때는 신경을 써서 다음과 같은 방법으로 술통에서 술을 빼도록 한다. 우선 손바닥을 위로 향하게 한 뒤, 오른쪽 엄지손가락과 집게손가락 사이에 병을 든다. 그리고 촛불이 병 입구 쪽으로 약간 기울어지게 나머지 손가락들로 초를 잡는다. 그런 다음 왼손으로 대형 술통의 마개를 빼낸 후 그 마개를 잽싸게 입에 문다. 왼손은 만약의 사태를 대비해 비어 놔라. 병에 술이 다 차면, 침이 잔뜩 묻은 마개를 입에서 빼낸다. 끈적끈적한 침이 묻어 있기에 마개가 통의 꼭지 안에 더욱 신속하게 맞아들어 갈 것이다. 혹시 촛농이 술병에 떨어졌다면 숟가락으로(이런 생각이 들었다면) 손쉽게 제거하거나 손가락으로 제거하라.

*

 도자기 접시를 보관하는 식기 진열장에 늘 고양이를 가둬 놓아라. 쥐가 몰래 들어가 그릇들을 깰지 모르니.

*

 훌륭한 집사라면 항상 이틀에 한 번 꼴로 병마개를 뽑

는 스크루 끝을 망가뜨린다. 스크루 끄트머리와 병목 중에서 누가 더 센지 시험 해보기 때문이다. 이렇게 해서 망가지는 스크루를 대신하기 위해서는, 스크루 밑자락으로 코르크 마개를 산산조각 낸 뒤 은제 포크로 그것들을 빼내면 된다. 코르크 조각들을 거의 다 빼내고 난 후에는 완전히 깨끗해질 때까지 병 입구를 서너 차례 수조에 집어넣다 뺐다 한다.

*

주인님과 자주 식사를 하러 오시는 손님께서 가실 때 아무것도 주지 않고 떠나신다면, 당신의 기분이 좋지 않다는 걸 표시하면서 그분의 기억력을 촉진시키는 몇 가지 방법이 있다. 그분께서 빵과 음료를 요구한다면, 못 들은 척 하거나 나중에 요구를 한 분께 먼저 갖다 드려라. 그분이 와인을 요구하면 맥주를 갖다 드려라. 술잔도 항상 더러운 것만 갖다 드려라. 나이프를 원할 땐 스푼을 갖다 드려라. 그리고 식탁 서비스 담당 정복 착용 하인에게 윙크를 해서 접시를 빠뜨리고 갖다드리지 않게 하라. 이런 일이나 이 비슷한 일을 계속하면 마침내 당신은 그분으로부터 반 크라운 은화를 받게 될 것이고, 좀더 착한 하인이 된 자신을 발견하게 될 것이다. 물론 그분이 떠나실 때 지켜 서서 배웅하는 기회를 잡기만 한다면 말이다.

*

마님께서 도박을 좋아하신다면 당신의 행운은 영원히 정해진 것이나 마찬가지다. 적절한 도박은 당신에게 일주일에 10실링 정도의 부수입을 가져다 줄 테니까. 그런 집이라면 나는 가정목사나 재산관리인이 되는 것보다도 오히려 집사가 되는 편을 택하겠다. 이 부수입은 모두 현금이며 불로소득이다. 물론 마님께서 공교롭게도 밀랍 양초를 찾아오라고 시키시거나 부수입을 다른 하인들과 나눠 가지라고 강요하시는 분이 아니라야 한다. 그러나 최악의 경우라 하더라도 적어도 도박을 하다 남은 카드는 당신 차지다. 도박 참가자들은 돈을 많이 잃거나 심술이 나기 시작하면 카드를 여러 차례 바꾼다. 이렇게 되면 이 카드들을 커피전문점에 팔거나, 도박은 좋아하지만 중고카드밖에 살 여력이 없는 가정에 팔면 큰 수입을 가져다 줄 것이다. 도박의 시중을 들 때는 반드시 새 카드 갑들을 참가

자들의 손이 쉽게 닿을 수 있는 곳에 두어라. 그래야 그 날 일진이 나쁜 참가자들이 운을 바꿔보기 위해 그 새 카드들을 집어들 것이다. 그러면 새 카드들에 밀려 먼저 번 카드는 쉽게 버려진다. 도박이 벌어지는 날은 반드시 친절한 태도를 유지하라. 그리고 손님들에게 불을 환히 밝혀줘야 하니까 항상 양초들을 준비해 놓아라. 또 손님들이 요구할 때 제공해 줄 와인 쟁반을 가까이 둬라. 그러나 요리사와 협조하여 저녁식사는 준비하지 마라. 그래야 주인님의 가정에 크게 절약이 될 것이다. 저녁식사를 하게 되면 당신의 수입이 현저히 줄어들 수도 있다.

*

  카드 다음으로 술병보다 더 수지가 많은 것은 없다. 이 경우 당신의 경쟁 상대는 술병을 몰래 훔쳐다가 팔아먹거나 맥주로 바꿔먹길 좋아하는 정복 착용 하인밖에는 없다. 그러나 당신은 주인님 댁에서 그런 절도 행위가 일어나는 걸 막을 의무가 있다. 정복 하인 녀석들은 술통의 술을 병에다 넣는 일을 할 때 병이 깨지건 말건 상관없는 녀석들이다. 당신이 얼마나 신중하게 일을 하느냐에 따라

깨지는 병의 숫자가 달라진다.

*

  유리잔으로 인해 생기는 소득은 너무 미미해서 언급할 만한 가치나 있는지 모르겠다. 그저 유리가게 주인이 주는 조그마한 선물이나, 잔을 고르는 데 든 당신의 수고와 솜씨의 대가로 주어지는 1파운드 당 4실링 정도의 수수료가 전부다. 주인님께서 유리잔을 상당히 많이 보유하고 있는 상황에서 당신이든 동료하인이든 주인님 모르게 잔을 깼다면 비밀로 하라. 더 이상 식탁에 내놓을 잔이 없게 되었을 때 비로소 주인님께 잔들이 없다고 말씀드려라. 그러면 주인님께서 한 차례는 몹시 화를 내시겠지만, 이것이 계속해서 일주일에 한두 차례 화를 내시는 것보다는 훨씬 낫다. 주인님과 마님의 심기는 될 수 있으면 덜 불편하게 해드리는 게 훌륭한 하인의 직분 아닌가? 그리고 이 경우 책임을 뒤집어씌울 대상으로는 고양이나 개가 적격이다. 참고사항 하나: 분실한 병들의 절반은 부랑자들이나 다른 하인들이 훔쳐간 것으로, 나머지 절반은 우연히, 혹은 세척 과정에서 없어진 것으로 하라.

 나이프의 칼등은 칼날 부분 못지않게 예리하게 갈아라. 그러면 손님들께서 나이프의 한쪽 날이 무디다고 생각하시면 다른 쪽 날을 사용하는 이점이 있다. 그리고 당신이 나이프를 가는 일에 수고를 아끼지 않는다는 걸 보여주기 위해, 나이프 철제 부분의 상당량과 은제 손잡이 밑바닥 부분이 닳아 없어질 정도로 오래 갈아라. 이렇게 하면 주인님께 칭찬이 돌아간다. 가정경제가 잘 돌아가고 있다는 걸 보여주기 때문이다. 그리고 어느 날 금은 세공업자가 당신에게 선물을 할지도 모른다.

*

 마님께서 약한 맥주나 독한 에일 맥주의 김이 빠진 걸 발견하시면, 술통 통풍구를 나무 못 마개로 막지 않았다고 당신을 질책하실 것이다. 그러나 이것은 마님께서 뭔가 크게 잘못 알고 계신 것이다. 오히려 나무 못 마개가 공기를 통 안에 가둬놓아 술맛을 망쳐버린다는 사실보다 더 분명한 건 없기 때문이다. 통풍구의 나무 못 마개는 빼놔야 하는 것이다. 그럼에도 불구하고 마님께서 계속 그걸 막으라고 고집하신다면, 하루에도 열 두어 차례 그걸 뺐다 막았다 하는 번거로움을 덜기 위해서(이런 일이 어찌 훌륭한 하인이 할 일인가), 밤에 술통 꼭지를 반쯤 열어 놓아라. 그러면 단지 2 내지 3쿼트(2 내지 4리터)의 술 손실만 보면서 술통의 술이 좔좔 잘 나오게 될 것이다.

*

양초를 준비할 땐 갈색 종이에 싸서 초꽂이에 꽂아라. 종이는 초가 중간쯤 탈 때쯤 나오게 싸라. 그러면 누가 집에 오더라도 멋지게 보일 것이다.

*

주인님의 양초를 아끼기 위해 모든 일(이를테면 잔 닦는 일)을 어둠 속에서 하라.

요리사

고위층 가정에 오래 전부터 남자 요리사를 두는 관습이 있어왔다는 사실을 내 모르는 바는 아니다. 그리고 일반적으로 프랑스의 관습이 그렇다. 그러나 이 지침서는 주로 도시와 시골의 평범한 귀족들, 지주들, 신사 양반들을 염두에 두고 의도된 것이므로, 여기서 말하는 요리사인 '당신'은 여성을 지칭하는 것으로 하겠다. 하지만 내가 여기서 얘기하는 내용의 상당 부분은 남녀 모두에게 도움이 될 것이다. 그리고 요리사인 당신에 관한 이 부분이 술과 식기를 담당하는 집사 바로 다음에 나오는 것은 당연한 일이다. 집사와 요리사인 당신은 이해관계상 서로 얽

혀있기 때문이다. 두 사람이 얻는 부수입은 대개 비슷하며, 다른 하인들이 실망할 때도 그것을 챙긴다. 당신들은 당신들 몫의 음식물로 다른 식구들이 다 잠든 야심한 시간에 둘만의 오붓한 잔치를 벌일 수 있다. 그리고 모든 하인들을 친구로 만들 능력이 있다. 당신들은 어린 도련님과 아가씨들에게 맛난 음식이나 음료를 제공해서 환심을 살 수도 있다. 만약 당신들 두 사람 사이에 다툼이 일어나면 그건 두 사람 모두에게 매우 위험하며 아마 두 사람 중 한 사람이 해고되는 식으로 결말이 날 것이다. 그런 불행한 사태가 벌어진 경우 가끔 상대방 일자리에 새로운 사람이 오더라도 친해지기가 그리 쉽지 않을 것이다. 자, 이제부터 '요리사 부인'인 당신에게 지침들을 알려주겠다. 당신이 시골에서 일을 하건 도시에서 일을 하건 잠자리에 들 때마다 집안의 동료 하인에게 매주 하룻밤씩 계속해서 이 지침을 읽어달라고 하라. 두 경우 모두 이 지침들이 적용될 것이기 때문이다.

*

마님께서 집안에 냉육이 남아있다는 걸 잊으셨다면 괜

히 중뿔나게 나서서 그 사실을 상기시키지 마라. 그걸 잡수시고 싶지 않으신 게 분명하니까. 혹 마님께서 다음날 그걸 기억해내신다면, 마님께서 아무런 지시도 내리시지 않아 다 써버렸다고 말씀드려라. 그리고 이 말이 거짓말이 되면 안 되니 잠자리에 들기 전에 집사나 다른 하인들과 함께 다 먹어치워라.

*

집안에 고양이나 개가 있다면 저녁 식탁에 닭다리는 안 올려도 된다. 고양이나 개가 그걸 훔쳐 도망갔다고 핑계를 댈 수 있으니까. 그러나 혹 그 두 동물이 없다면 쥐라든가 낯모르는 떠돌이 사냥개 핑계를 대라.

*

식탁에 올리는 접시들의 바닥을 구태여 부엌 행주로 닦아 행주를 더럽힌다면 그건 부엌살림을 잘 못 한다는 얘기가 된다. 왜냐하면 식탁보가 행주 못지않게 그 역할을 잘 할 것이기 때문이다. 그리고 식탁보란 매번 식사 때마다 교환하는 것이 아닌가.

고기 굽는 쇠꼬챙이는 사용한 후 결코 닦지 말라. 그 위에 묻어있는 고기 기름이야말로 녹스는 걸 막아주는 최상의 성분이다. 그리고 그 꼬챙이를 다시 쓰게 될 때, 남아있는 그 기름이 고기의 안쪽 부분에 습기를 제공한다.

*

만약 당신이 부유한 댁에서 일하고 있다면 고기를 굽거나 삶는 일은 당신의 직무가 갖는 권위에 어울리지 않는다. 그런 일은 모르는 척 하는 게 당신에게 어울린다. 따라서 그런 일은 모두 부엌의 보조 하녀에게 맡겨라. 주인님 댁의 체면을 손상시키지 않으려면.

*

장보기를 할 땐 가능한 한 고기를 싸게 구입하라. 그러나 계산서가 발행되어 그걸 가져오게 되는 경우에는 주인님의 명예를 고려하려 가장 높은 가격을 책정하라. 이런 일은 또한 정당한 일이기도 하다. 누구라도 자기가 원래 구입한 원가와 같은 가격으로 물건을 파는 사람은 아무도 없다. 그리고 나는 당신이 푸줏간 주인이나 닭고기 가게 주인이 부르는 값만 주었다고 주인님께 자신 있게 맹세할 수 있을 거라고 확신한다. 만약 마님께서 저녁 식탁에 고기를 올리라고 지시한다면 그걸 '모두 다' 올려야 한다고 이해할 필요는 없다. 그 절반은 당신과 집사의 몫으로 챙겨야 할 게 아닌가.

*

 훌륭한 요리사는 정당한 근거에 의하여 하찮고 시시한 일이라 여겨지는 일은 참지 못한다. 그런 일은 시간만 엄청나게 걸리고 결과는 보잘 것 없다. 예를 들면 작은 새를 요리하는 일이 그렇다. 이런 요리에는 온갖 잡다한 요리 과정과 야단법석, 제2, 제3의 쇠꼬챙이까지 필요로 한다. 그런데 이런 요리를 하는 데는 제2, 제3의 쇠꼬챙이는 절대적으로 불필요하다. 사실 소 허리 부위 고기까지 충분히 감당할 정도로 튼튼한 쇠꼬챙이가 종달새 고기를 꿰어 뒤집는 일도 감당하지 못한다면, 그거야말로 정말로 우스운 일이 아닌가. 그러나 마님께서 착하신 분이셔서 큰 쇠꼬챙이가 작은 새의 고기를 찢어버릴까 걱정하신다면 고기구이 기름받이 판에 그 새고기를 보기 좋게 올려놓아라. 그러면 양고기나 쇠고기의 기름이 그 위에 떨어져서 양념장 역할을 할 것이고 시간과 버터 모두를 절약해 줄 것이다. 도대체 제 정신을 지닌 요리사라면 그 누가 종달새나 흰머리 딱새, 기타 작은 새들의 털을 뽑으며 시간을 허비한단 말인가? 그러니 일을 도와줄 식모나 어린 하녀가 없다면, 재빨리 일을 해치우기 위해서 새를 불에 그슬리거나 아예 껍질을 벗겨 버려라. 껍질에 큰 손실이 없을 것이고 살도 그대로 남아 있을 것이다.

*

장보기를 할 때 푸줏간 주인으로부터 비프스테이크나 맥주 접대를 받지 마라. 내 생각에 그런 일은 주인의 명예에 누가 되는 일일뿐이다. 그러나 외상이 아닌 현찰 거래일 경우에는 늘 현금 부수입을 챙기고, 계산서를 지불할 때는 1파운드 당 수수료를 꼭 챙겨라.

*

부젓가락이나 부지깽이를 아끼기 위해 부엌의 풀무 주둥이로 불을 휘젓다보면 풀무가 자주 고장 난다. 이럴 때는 마님 침실에 있는 풀무를 빌려 쓴다. 거의 사용하지 않기 때문에 이 풀무는 보통 집안에서 가장 상태가 좋다. 혹

이 풀무를 망가뜨리거나 기름으로 더럽힌다면 그걸 영원히 당신 소유물로 만들 기회를 잡게 되는 것이다.

*

집 근처에 부랑아 구두닦이 소년을 늘 어슬렁거리게 만들어서 비 오는 날 당신 대신 심부름을 보내거나 장보기를 시켜라. 그러면 옷을 버리는 일도 없을 것이고 주인님께는 믿음직스럽게 보일 것이다.

*

마님께서 부엌에서 쓰다 남은 요리재료를 당신 마음대로 처분하게 주신다면, 그런 너그러운 마음씨에 보답하기 위하여 세심하게 신경을 써 고기를 충분히 삶거나 구워드려라. 하지만 그 반대로 마님께서 자신의 이익을 위해 그걸 챙기신다면, 그에 합당한 복수를 하라. 즉 잘 타고 있는 불에 기름 상태로 변해버린 고기 기름이나 버터를 넣어 활활 타오르게 만들어라.

*

고기를 식탁에 올릴 때는 둥글고 푸짐하게 보이도록 쇠꼬챙이를 잘 꽂아 넣어라. 제대로 잘 사용하면 가끔 쇠꼬챙이가 고기요리를 더욱 맛있게 보이게 한다.

*

크고 긴 고기 덩어리를 구울 땐 중간 부위만 신경을 쓰고 양쪽 끝 부위는 익지 않은 상태로 남겨 두어라. 나중에 써먹을 수도 있고 불도 절약된다.

*

금 은제 식기나 접시들을 닦을 때는 가장자리를 안쪽으로 굽혀라. 그래야 음식을 더 많이 담을 수 있다.

*

간단한 식사 준비를 할 때, 혹은 가족 분들이 외식을 하러 나가셨을 때에도 부엌의 불은 활활 지펴놓아라. 그러면 이웃들이 그걸 보고 주인님의 살림살이를 칭찬할 것이다. 그러나 손님이 많이 초대되었을 때에는 가능하면 석탄을 아껴라. 그래야 많은 양의 고기가 설익어서 절약되고 다음날 다시 재활용될 수 있다.

*

고기는 늘 펌프 물로 삶아라. 강물이나 수돗물은 분명히 가끔 부족한 경우가 발생하기 때문이다. 만약 그런 물을 쓰다가 부족해서 부득이 펌프 물로 고기를 삶으면 고기 색깔이 달라진다. 그걸 보시면 당신의 잘못이 아닌데도 마님께서 당신을 혼내실 것이다.

*

식료품 저장실에 새나 닭고기가 많이 비축되어 있을 때에는, 가엾은 고양이를 위해 문을 열어 놓아라. 물론 쥐를 잘 잡는 고양이에 한해.

*

비 오는 날 불가피하게 장을 보러 가야 할 때는 옷을 보호하기 위해 마님의 승마용 두건과 외투를 꺼내 쓰고 입고 가라.

*

시중을 들어줄 서너 명의 날품팔이 아낙네들을 늘 부엌에 확보해 두어라. 이들에게는 그저 고기 몇 점이나 석탄 몇 덩어리, 혹은 석탄 재 같은 하찮은 대가만 지불하면 된다.

*

성가신 하인들을 부엌에서 쫓아내기 위해서 늘 잭 위에

와인더를 올려놓아 그들 머리에 떨어지게 하라.

*

그을음 덩어리가 수프에 빠졌는데 쉽게 건져낼 수 없다면, 그냥 휘저어 거품을 만들어 버려라. 그러면 수프에서 고급 프랑스 요리 맛이 날 것이다.

*

버터가 녹아서 기름 상태가 되었더라도 아무런 걱정 말고 그냥 식탁에 내라. 기름이 버터보다 훨씬 더 품위 있는 소스이니까.

*

냄비와 솥 바닥은 스푼으로 문질러라. 그래야 구리 맛이 나지 않는다.

*

소스용으로 버터를 식탁에 올릴 때는 절반을 물로 채울 정도의 절약정신을 보여라. 게다가 그것은 건강에도 더 유익하다.

*

손으로 할 수 있는 일은 절대로 스푼을 이용하지 마라.

주인님의 식기가 닳을 수 있으니.

*

 정해진 시간까지 식사를 준비할 수 없겠다 싶으면 시계를 거꾸로 돌려놓아라. 그러면 1분 전까지 준비될 수 있을 것이다.

*

 가끔 시뻘겋게 달궈진 석탄 덩어리를 기름받이 판에 떨어뜨려라. 그러면 구어지고 있는 고기에서 떨어지는 기름으로 인해 연기가 피어올라 고기에 풍미를 더해줄 것이다.

*

 부엌을 당신의 몸단장 방으로 여겨라. 그러나 화장실에 갔다 오고, 고기에 쇠꼬챙이를 꼽고, 어린 암탉 날개나 다리에 꼬치를 끼우고, 샐러드 감을 고르고, 사실상 두 번째 코스 요리를 올릴 때까지는 손을 씻지 마라. 꼭 해야만 하는 이런 일들을 하다보면 손이 열 배는 더 더러워진다. 모든 일을 다 마치고 난 후 그때 손을 한 번 씻어라. 한 번으로 끝 아닌가.

*

 음식이 삶아지거나, 구워지거나, 끓고 있는 동안 당신에게 허용되는 몸단장은 단 한 가지 머리 빗질뿐이다. 요리를 지켜보면서 한 손으론 요리를 관리하고 나머지 손으론 빗질을 하면 되므로 시간 손실이 없다.

*

 빗질을 하다 머리카락이 음식에 빠지더라도 안심하라. 당신을 괴롭힌 적이 있던 정복 착용 하인 녀석에게 뒤집어씌우면 된다. 이 녀석들은 종종이 냄비 속의 고기 조각점이나 빵 한 덩어리를 주지 않았다고 심술을 부리고, 뜨거운 죽을 자기 다리에 쏟았다고 투덜거리고, 주인님께 가는 자기 엉덩이에 당신이 접시 닦는 행주를 붙였다고 생트집을 잡는 녀석들이다.

*

 고기를 굽거나 삶을 때는 부엌의 식모에게 큰 석탄 덩어리만 가져오게 하라. 그리고 조그만 석탄들은 위층 난로용으로 남겨놓게 하라. 고기 요리용으로는 큰 석탄이 최고다. 그런 큰 석탄 덩어리들이 다 떨어졌을 때 공교롭게도 어떤 요리에 실패했다면 정당하게 그 잘못을 석탄 부족 탓으로 돌릴 수 있다. 또한 석탄재 청소부들이 커다란 석탄재 덩어리들이 새 석탄 덩어리들 사이에 섞여 있는 걸 발견하지 못한다면, 주인님의 가정 경제생활에 대해 험담을 해댈 것이다. 이처럼 큰 석탄 덩어리들을 사용하게 되면, 칭찬을 들으며 고기 요리를 할 수 있고, 자선을 베풀 수 있고, 주인님의 명예를 드높일 수 있고, 게다가 가끔 석탄재 치우는 아낙네들에게 베푼 넉넉한 마음 씀씀이 덕택에 맥주 한 잔까지 대접받을 수 있다.

*

대저택에서 일하는 경우라면 두 번째 코스 요리를 올리고 나서부터 만찬 식사 때까지 당신은 할 일이 없다. 그러니 양손과 얼굴을 깨끗이 씻고 두건과 스카프를 걸친 뒤 밤 아홉 시나 열 시까지 친구들과 재미있게 놀다 와라. 단 밥부터 먼저 먹어라.

*

주류와 식기를 담당하는 집사와는 늘 확고한 우정과 애정 관계를 유지하라. 당신들 두 사람이 서로 힘을 합치면

서로에게 이익이 되기 때문이다. 그는 종종 마음 편히 먹을 수 있는 가벼운 음식을 원하고 당신은 그보다 더 자주 맛좋고 시원한 술 한 잔을 원하지 않는가. 하지만 그를 조심하라. 가끔은 변덕스런 애인 같기도 하니까. 집사는 세리주나 설탕이 첨가 된 백포도주 한 잔으로 하녀들을 유혹하는 데 선수다.

*

송아지 가슴 고기를 구울 때는 당신의 애인인 집사가 송아지 췌장을 좋아한다는 걸 명심하고 밤늦은 시간까지 그걸 따로 챙겨 놓아라. 그게 어디 갔냐고 묻는다면 고양이나 개가 물고 도망갔다거나, 썩어서 버렸다거나, 쉬파리가 쉬를 슬었다는 식으로 둘러대면 된다. 게다가 송아지 가슴 고기는 췌장이 빠져도 식탁에 올리면 맛있게 보인다.

*

손님들이 너무 오래 기다린 상황인데 고기가 너무 익혀졌거나 너무 바짝 구워졌다면(흔히 있는 일이다), 당당하게 마님 탓을 하라. 즉 마님께서 식사를 빨리 올리라고 재촉하시는 바람에 서두르다 보니 부득이 고기가 너무 삶아지거나 너무 구워진 채로 올릴 수밖에 없었다고 말하라.

*

서둘러 접시들을 빼 써야 할 때에는 바로바로 쓸 수 있도록 조리대 위에 열 두어 개씩 한꺼번에 쏟아져 내리도록 기울여 놓아라.

*

시간과 수고를 절약하기 위해서 사과와 양파는 같은 칼로 깎아라. 교양 있는 양반님들은 자신들이 먹는 모든 음식에서 양파 맛이 나는 걸 좋아하신다.

*

버터는 양손으로 4, 5파운드씩 덩어리째 덜어내어 조리대 바로 위 벽면에 세게 쳐서 붙여놓아라. 그런 다음 필요할 때마다 조금씩 떼어내서 써라.

*

부엌용으로 쓰는 은제 소스 냄비가 있다면 그걸 충분히 두드려서 항상 거무스레한 빛깔을 유지하라고 조언하겠다. 그리고 그 냄비는 석탄 덩어리들이나 기타 물건들 위에 공간을 마련하여 달아 놓아라. 이것은 항상 주인님 댁의 가정 경제가 잘 관리되고 있다는 걸 보여주며 마님의 명예를 높여주는 일이다. 마찬가지로 부엌용 대형 은제 스푼이 있다면, 스푼의 안쪽 면을 계속 문지르고 닦아서 닳게 만들고 종종 이렇게 말하라. "이제 이 스푼은 주인님께 봉사할 의무가 없네."

*

아침에 묽은 수프나 묽은 죽 한 접시, 혹은 그 비슷한 음식을 주인님께 올릴 때는 접시 양쪽 끝에 소금을 놓아라. 이때는 반드시 엄지손가락과 다른 손가락을 이용하여 소금을 집는 걸 잊지 마라. 스푼이나 나이프 끝자락으로 소금을 푸면 소금을 흘릴 위험이 있는데 이것은 아침 시간에는 아주 재수 없는 일이다. 단 소금을 집기 전에 엄지손가락과 다른 손가락들을 핥는 걸 잊지 마라.

*

버터를 녹였을 때 놋쇠 맛이 난다면, 은제 소스 냄비를 사 주지 않은 주인님 잘못이다. 게다가 놋쇠 냄비가 사실은 비용이 더 든다. 새로 주석을 입히는 돈은 꽤 많이 청구되기 때문이다. 은제 소스 냄비를 사용했는데도 버터에서 연기 냄새가 난다면, 그 원인을 석탄 탓으로 돌려라.

*

 식사 때 요리가 다 실패했다면 그 위기는 어떻게 모면할까? 부엌에 들어와 당신을 못살게 굴고 요리를 방해한 정복 착용 하인 놈 때문이라고 변명하라. 그리고 그걸 입증하기 위해 기회를 봐서 화를 벌컥 내며 그놈들 중 한두 명의 복장에다 수프 한 국자를 엎질러 버려라. 한편 일주일 중에는 금요일과 칠더마스 데이(헤롯 왕에게 살해당한 베들레헴의 아이들을 추모하는 날로 원래는 12월 28일. 영국에서는 매주 하루를 불길한 날로 정해 이렇게 불렀다고 한다.)라는 재수 없는 이틀이 있다. 사실 이 이틀 동안 재수 좋기란 불가능하다. 따라서 요리를 실패한 것에 대해 정당한 핑계를 댈 수 있다.

정복 착용 하인

당신의 직무(하인 정복을 착용하며 식탁 시중을 주 업무로 한다. 그 외에도 주인이 외출 할 때 미리 앞서 가며 주인의 짐 수발도 담당한다. 각종 심부름을 수행하며 대문을 열어주는 일도 한다.)는 여러 가지가 혼합되어 있고 매우 다양한 분야에 걸쳐 있다. 그리고 당신은 주인님이나 마님, 도련님, 아가씨의 총애를 받을 가능성이 높다. 당신은 가정 내에서 가장 멋쟁이이며 모든 하녀들의 흠모의 대상이다. 때로는 주인님께 옷을 입는 모범이 되기도 하고, 어떤 때는 거꾸로 주인님이 당신의 모범이 되기도 한다. 당신은 온갖 손님들의 식탁 시중을 들기에 세상을 알게 되며, 사람들과 예의범절,

풍습을 이해할 기회도 갖는다. 선물을 전달하라는 심부름을 가게 되거나 시골의 다과 모임 시중을 드는 경우를 제외한다면 당신에게 생기는 부수입이 얼마 되지 않는다는 점은 나도 인정한다. 그러나 당신은 인근 지역에서 '──씨'란 호칭을 듣는 하인이며, 운이 좋으면 때로는 주인님 따님을 얻기도 한다. 그리고 나는 당신과 같은 직종에 근무하던 사람들 중 다수가 군대에서 훌륭한 지휘관이 된 것도 알고 있다. 도시에서 당신이 극장에 가면 당신만의 예약석을 차지할 수 있으며, 그곳에서 문인이나 비평가가 될 기회를 갖게 되기도 한다. 당신은 천민 녀석들과 당신에게 "빌어먹을 아첨꾼"이라고 욕하길 좋아하는 몸종 하녀 외에는 공공연한 적도 없다.

　나는 당신들의 직무에 대해 진정으로 존경심을 품고 있다. 사실은 영광스럽게도 나도 한때 당신들과 같은 직종에 근무했었기 때문이다. 그러다 품위를 손상시켜가면서까지 세관 일자리를 수락하느라고 바보같이 그 자리를 그만 두고 만 것이다. 형제들이여, 이제 보다 나은 운명이 그대들에게 찾아오지만 않는다면 유용하게 쓰일 지침들을 알려 주겠다. 이 지침들은 7년에 걸친 내 개인적인 하인 경험에서 나온 것일 뿐만 아니라 수많은 사색과 관찰의 결실들이기도 하다.

*

다른 댁들의 비밀을 알아내기 위해서는 그 댁 하인들에게 주인님 댁의 비밀을 먼저 이야기하라. 그러면 당신은 집에서건 밖에서건 사랑 받는 하인이 될 것이고, 또한 중요한 하인으로 여겨질 것이다.

*

길거리에서 손에 바구니나 보따리를 든 모습은 절대로 보이지 마라. 그리고 호주머니에 숨길 수 없는 물건은 절대로 갖고 다니지 마라. 그렇게 하지 않으면 당신 직업에 누를 끼치는 것이다. 그런 일을 대신 해 줄 부랑아 구두닦이 소년 하나를 확보해 놓아라. 만약 그 소년에게 줄 잔돈이 없다면 커다란 빵 조각이나 고깃점을 주어라.

*

방을 더럽힐지 모르니 구두닦이 소년에게 당신의 구두를 먼저 닦게 하라. 그런 다음 주인님의 구두를 닦으라고 시켜라. 일부러 그 소년을 더 오래 붙잡고 있다가 심부름 보내는 데 써먹고 그 대가로 남은 음식을 줘라.

*

당신 자신이 직접 심부름 갈 일이 있을 땐 반드시 뭔가 다른 용무를 한데 연계시켜서 같이 봐라. 이를테면 애인을 만난다거나, 친구 하인과 만나 맥주를 한 잔 한다거나 하는 것이다. 이것은 아무 탈 없이 많은 시간을 버는 일이다.

*

식사 때 가장 편리하고 품위 있게 접시를 나르거나 잡는 방법에 대해서는 논란이 분분하다. 어떤 하인들은 의자의 테두리 틀과 등받이 판 사이에 접시들을 끼워 넣고 쓰는데, 의자의 구조가 그런 일에 잘 맞으면 이는 아주 탁월한 방법이다. 어떤 하인들은 접시가 떨어질까 염려되어 접시의 중간 부분까지 엄지손가락이 들어가도록 꽉 움켜쥔다. 그러나 이 방법은 엄지손가락이 건조하다면 안전한 방법이 아니다. 이런 경우에는 엄지손가락에 침을 바르라고 권하겠다. 숙녀 분들이 권장하고 있듯이, 접시 뒷면을 손바닥에 기울여 놓는 바보 같은 방법도 있다. 이 방법은 사고가 빈발할 가능성이 높기 때문에 누구나 다 소리 높여 반대한다. 또 어떤 하인들은 아주 솜씨 좋게 접시들을 직접 왼편 겨드랑이에 끼기도 한다. 이 방법은 접시를 데우는 데는 최고의 방법이다. 그러나 접시가 손님들의 머리 위에 떨어질 수도 있기 때문에 접시를 거둘 때 위험할 수도 있다.

*

내 생각을 고백하자면, 나는 이상의 세 가지 방법들에 대해 다 반대한다. 그런 방법들을 빈번하게 다 실행해 보고 하는 말이다. 따라서 나는 네 번째 방법을 추천하겠다. 즉 접시의 안쪽 테두리 부분까지 들어가도록 조끼와 안의 셔츠 사이 왼쪽 옆구리에 접시를 끼라는 것이다. 이렇게 하면 접시가 적어도 겨드랑이(스코틀랜드 사람들이 '옥스터'라고 부르는) 체온만큼 따듯해질 것이다. 그리고 이 방법은 접시를 눈에 안 띄게 해 주어 낯선 사람들이 당신을 보고 접시 담당 하인보다 훨씬 더 지위 높은 하인이라고 여길지도 모른다. 접시를 이렇게 처리하면 또한 떨어뜨릴 염려도 없이 안전하며, 팔이 닿는 가까운 거리에 있는 손님이 원하시기만 하면 바로 손쉽게 따듯하게 데워진 접시를 꺼내줄 수 있다. 그리고 마지막으로 이 방법에는 편리한 점이 또 하나 있다. 즉 시중드는 동안 언제든지 기침이나 재채기가 나오겠다 싶으면 잽싸게 옆구리의 접시를 꺼내서 접시 앞면을 코나 입에 갖다 대는 것이다. 이렇게 하면 요리나 숙녀 분들의 머리 장식에 침이나 콧물이 튀는 일을 예방할 수 있다. 당신은 신사 숙녀 분들이 그런 경우 손수건으로 그 비슷한 행동을 하는 걸 본 적이 있을 것이다. 그러나 이런 방법보다는 접시로 막는 것이 훨씬 덜 더럽고 세척도 더 빨리 된다. 기침이나 재채기가 끝난 후 접시를 본래의 옆구리 자리로 다시 돌려놓기만 하면 그 과정에서 셔츠가 알아서 접시를 깨끗이 닦아 준다.

*

숙녀 분들에게 당신의 정력과 허리힘을 과시하기 위하여 가장 큰 접시들을 꺼내서 한 손으로 들어 올려라. 하지만 이런 일은 항상 두 숙녀 분들 사이에서 행하라. 그러다 만약 접시가 손에서 떨어진다면 그 안의 수프나 소스를 바닥이 아니라 숙녀 분들의 옷 위에 떨어뜨려라. 존경하는 내 동료 두 명은 이런 수법을 사용하여 상당한 행운을 거머쥐었다.

*

모든 최신 유행어와 욕설, 노래, 연극 대사는 기억이 허용하는 한 꿰고 있어라. 그러면 당신은 숙녀 열 분 중 아홉 분은 즐겁게 해드릴 것이고, 신사 백 분 중 아흔 아홉 분의 부러움을 살 것이다.

*

특정한 시간, 특히 주인님께서 지체 높으신 손님과 식사를 하시는 동안은 당신과 다른 하인들이 모두 식당 방에서 나가야 한다는 점에 유념하라. 그러면 당신 스스로도 식사 시중의 피곤을 잊고 잠시 쉴 수 있고, 손님들도 당신의 존재에 신경 쓸 필요 없이 보다 자유롭게 대화할 수 있을 것이다.

*

메시지 전달 심부름을 가게 되면, 그것이 공작에게 보내지는 것이든 공작부인에게 보내지는 것이든, 주인님이나 마님께서 쓰시는 용어가 아니라 당신이 쓰는 용어로 전달하라. 메시지 전달을 위해 태어난 당신보다 그 내용을 더 잘 이해할 사람이 누가 있단 말인가. 그러나 그 메시지에 대한 답장 메시지는 요구가 없다면 결코 전달하지 마라. 그리고 혹 요구가 있다면 답장 메시지 역시 당신 자신의 스타일로 장식해서 전달하라.

*

 식사가 끝나면 엄청난 양의 접시들을 부엌으로 날라 내려와야 한다. 이때 계단 꼭대기까지 오면 접시들을 계단을 따라 굴려라. 이보다 더 기분 좋은 광경과 소리는 없다. 특히 은 접시들일 경우는 더욱 그렇다. 이렇게 하면 당신은 접시를 들어 나르는 수고를 덜 수 있고, 접시들은 부엌 앞에 자동으로 놓여 있게 되니 설거지 담당 하녀도 설거지를 더 쉽게 할 수 있게 된다.

*

 접시에 커다란 고기 요리를 담아 나르던 중 식당 앞에서 떨어뜨려 고기가 바닥에 떨어지고 소스가 다 엎질러졌다고 치자. 그러면 조용히 고기를 집어 올린 뒤, 코트 자락으로 닦아라. 그런 다음 그걸 다시 접시 위에 담아 식탁에 올린다. 마님께서 소스는 어디 갔냐고 물으신다면 그건 따로 다른 식기에 담아 올릴 예정이라고 말씀드려라.

*

고기 요리를 나르면서 그 요리가 주인님 식탁에 잘 어울리고 적절한 것인지 알아보기 위해 혓바닥으로 핥아 봐라.

*

당신은 마님이 어떤 사람들과 교분 관계를 유지해야 하는지 결정하는 최고의 심판관이다. 따라서 만약 마님께서 당신 맘에 들지 않는 댁에 축하 메시지나 기타 메시지 심부름을 보내신다면, 그 메시지를 두 집안 사이에 화해가 불가능한 불화가 일어날 정도로 오만불손하게 전하라. 마찬가지로 상대방 댁에서 그 댁의 정복 착용 하인을 시켜 같은 메시지 심부름을 보낸다면, 마님의 답변을 그 상대방 댁이 모욕이라고 생각할 정도로 불손한 태도로 전하라.

*

밖에 나가 숙박을 하게 되었을 때 구두닦이 소년을 구할 수 없으면 주인님의 구두를 커튼 밑자락이나 깨끗한 냅킨, 여관 안주인의 에이프런 등으로 닦아라.

*

주인님이 부르실 때를 빼놓고는 집안에서도 늘 모자를 쓰고 있어라. 그러다 주인님 앞에 가면 즉시 모자를 벗어 예의를 차려라.

*

신발은 절대 신발 깔판 위에서 털지 말고 현관 입구나 층계 밑 발치에서 털어라. 그렇게 하면 거의 1분 정도는 더 빨리 집에 들어왔다는 점수를 따게 될 것이고, 신발 깔판의 수명도 더 오래 갈 것이다.

*

외출할 땐 결코 허락을 받지 마라. 그랬다가는 당신이 집에 없다는 사실이 알려질 테고, 게으름뱅이이고 한가로이 놀러나 다니는 자로 여겨질 것이다. 반면에 집안 누구에게도 들키지 않고 외출을 나갔는데 그 동안 누군가 당신을 찾지만 않았다면, 무사히 몰래 집으로 들어 올 수 있다. 당신의 행방은 동료 하인들에게도 말할 필요가 없다. 틀림없이 그들은 당신이 2분 전까지 집안에 있었다고 말해줄 테니까. 그 정도의 배려를 해주는 것은 모든 하인들의 의무다.

*

촛불은 손가락으로 끄고 그 심지는 바닥에 던진 뒤 냄새를 막기 위해 발로 밟아버려라. 이 방법을 쓰면 심지 자르는 기구가 닳는 일을 크게 막아줄 것이다. 또한 초를 끌 때는 가능한 한 수지 가까이에서 꺼라. 수지가 잘 흘러내릴 것이고 요리사의 부엌살림 부수입을 늘려줄 것이다. 요리사와는 이해관계상 사이좋게 지내야만 한다.

*

식후 감사기도를 하는 동안 동료 하인들과 짜고 손님들 의자를 뒤에서 몰래 빼라. 그러면 다시 앉을 때 뒤로 나자빠질 것이다. 그러면 모두가 다 즐거워 할 것이다. 하지만 당신은 조심스럽게 웃음을 참고 있다가 부엌에 와서 그 이야기를 다른 하인들에게 하며 즐겨라.

*

주인님께서 손님과 너무 바쁘게 용무를 보신다 싶으면 그 방에 들어가 어슬렁거리며 나가지 않는 척 하라. 주인님께서 뭐 하는 거냐고 나무라시면, 벨을 울려 부르신 줄 알았다고 말하라. 이렇게 하면 일에 너무 골몰하시고, 대화를 나누느라 피곤하시고, 또 생각을 쥐어 짜내느라 고생하시는 주인님의 신경을 잠시 다른 데로 돌려드리는 것이다. 이 모든 일들은 주인님의 건강에 해로운 것이다.

*

게나 바닷가재의 집게발을 깨부수라는 지시를 받았다면 식당 문 경첩 사이에 넣고 문을 닫아서 깨라. 이렇게 하면 속살이 으깨지는 일 없이 서서히 깨부술 수 있다. 대문 열쇠나 절구공이 같은 걸 사용하면 속살이 으깨지는 일이 종종 있다.

*

지저분해진 접시를 손님 앞에서 치울 때 그 위에 더러워진 나이프와 포크가 올려져 있다면 솜씨를 보여줘라. 접시를 집어 들어 그 안에 있는 뼈다귀나 고기 조각들은 떨어뜨리지 않으면서 나이프와 포크만 식탁에 떨어뜨려라. 그러면 아무래도 당신보다는 시간이 더 많은 손님께서 사용한 그 나이프와 포크를 닦으실 것이다.

*

 술을 요구하신 분께 갖다 드릴 때는 그분의 어깨를 툭 친다거나 큰 소리로 "나리(혹은 마님), 여기 술 왔습니다."라고 소리치지 마라. 그것은 마치 그분들의 목구멍으로 당신이 술을 억지로 강요해서 마시게 하겠다는 의사표시처럼 무례한 짓이다. 그보다는 그분의 오른쪽 어깨 편에 서서 시간을 주고 기다려라. 그분께서 술을 시킨 걸 깜빡 잊고서 팔꿈치로 술잔을 쳐서 떨어뜨린다면 그건 그분의 실수지 당신의 실수가 아니다.

*

 비 오는 날 전세마차를 불러오라고 마님께서 심부름을 시키신다면, 돌아올 때는 당신 옷을 보호하고 걸어오는 수고를 덜기 위해 그 마차를 타고 와라. 하인 정복이 더러워지고 감기에 걸리는 것보다는, 더러워진 당신 구두로 인해 마님 속옷 자락이 더러워지는 게 낫다.

*

 당신같이 품위 있는 사람이 길거리에서 등불을 들고 주인님의 길을 비춰주는 것보다 더 모욕적인 일은 없다. 따라서 그런 일을 피하기 위해 모든 꾀를 다 짜내는 것은 아주 정당한 일이다. 게다가 그런 일은 당신의 주인님을 초라하고 탐욕스럽게 보이게 한다. 초라함과 탐욕이라는 이 두 자질은 당신이 어떤 종류의 서비스를 제공하는 일을 하든 당신이 만날 수 있는 최악의 자질들이다. 이런 상황에 처했을 때 나는 여러 가지 현명한 방법들을 사용해 그 상황을 피했었다. 여기 그 방법들을 소개해 보겠다.

가끔 나는 아주 긴 초를 가져와서 등불 천장에 닿게 해 그곳을 태워버렸다. 그러자 주인님께서 나를 흠씬 두들겨 팬 뒤 그곳을 종이로 바르라고 지시하셨다. 그래서 다음엔 중간 크기의 초를 사용했다. 그것을 초꽂이 구멍에 아주 헐겁게 꽂아 한쪽으로 기울어지게 만들어 등불의 각재 부분 4분의 1을 홀랑 타버리게 만들었다. 그 다음에는 반 토막도 안 남은 몽당 초를 사용했다. 그랬더니 초꽂이 구멍에 초가 빠져버렸으며 납땜 부분을 다 녹여버렸고, 어쩔 수 없이 주인님께서는 길을 가시던 도중에 컴컴한 어둠 속을 걸어서 집에 돌아오셔야 했다. 그러자 주인님께서는 내게 초꽂이 구멍에 2인치짜리 초를 꽂게 하셨다.

나는 발부리가 돌에 걸려 넘어지는 척 하면서 촛불을 꺼뜨려 버리고 등불의 주석 부분을 산산조각 내 버렸다. 그제서야 비로소 주인님께서는, 완벽하고 훌륭한 절약정신의 발로에서 그랬는지 어쨌는지 모르겠지만, 어쩔 수 없이 등불 담당 소년을 고용하셨다.

*

우리와 같은 직종에 근무하는 신사들이 식사 시중 때 단 두 손만으로 식기, 접시, 술병 등을 모두 들고 방을 나서는 것은 너무나 애처로운 광경이다. 그리고 그런 짐들 때문에 불편한 상태에서 두 손 중 한 손으로 문을 열어야 한다면 불행은 더욱 커진다. 따라서 나는 항상 식당 문을 조금 열어두라고 권장하는 바이다. 발로 문을 열기 위해서이다. 이렇게 하면 양손 모두를 이용하여 식기와 접시들을 배에서 턱밑까지 쌓아올려 나를 수 있으며 상당량의 짐을 겨드랑이에 끼워 나를 수도 있다. 이렇게 하면 피곤한 발걸음을 상당히 절약할 수 있을 것이다. 그러나 방을 나서서 가능하다면 소리가 들리지 않는 곳에 올 때까지, 운반하는 그릇들 중 어느 것 하나라도 떨어뜨리지 않게 조심하라.

*

춥고 비 오는 밤 우체국에 편지 심부름을 가게 되면, 심부름에 소요될 예상 시간 동안 술집에 들어가 맥주나 마셔라. 편지는 조심스럽게 다음번 기회에 부치면 된다. 그게 정직한 하인에게 합당한 행동이다.

*

식사 후 숙녀 분들을 위해 커피를 타오라는 지시를 받았는데, 커피 저을 스푼을 찾으러 뛰어올라가거나, 딴 생각을 하거나, 혹은 침실 담당 하녀에게 입을 맞추려다 그만 커피주전자가 끓어 넘쳐버렸다면, 주전자 옆구리의 커피 넘친 자국을 접시 닦는 행주로 깨끗이 닦아낸 뒤 과감하게 커피를 올려라. 이때 만약 마님께서 커피 맛이 너무 연하다는 걸 발견하시고 혹시 커피가 넘친 것이 아니냐고 심문하시면 무조건 단호하게 사실을 부인하라. 그리고 평소보다 커피를 더 넣었고, 커피 주전자 곁에서 1인치도 움직이지 않았고, 마님께서 숙녀 손님들과 함께 계셔서 다른 때보다 특히 더 신경 써 맛있게 타려고 애를 썼다고 말씀드려라. 그리고 이 모든 사실은 부엌의 다른 하인들이 증명해 줄 것이라고 맹세하라. 이렇게 하면 다른 숙녀분들께서 커피 맛이 아주 좋다고 말씀하실 것이고, 마님께서도 자신의 미각이 이상해졌다고 자인하실 것이다. 그리고 마님께서는 앞으로 스스로를 의심하시며 당신을 혼내시는 일에 더욱 신중을 기하실 것이다. 당신에게 이런 일을 권하는 것은 양심의 원칙에 입각한 것이기도 하다. 커피란 사실 건강에 아주 안 좋은 것이기에 마님에 대한 애정에서라도 가능한 한 약하게 타드려야 하는 것이다. 그리고 이런 논리에 근거하여, 당신이 만약 하녀 중 한 명에게 신선한 커피를 대접하고 싶다면 마님의 건강을 생각해서 마님에게 타 드릴 커피가루의 3분의 1 분량을 덜어내라. 아니 덜어내야만 한다. 마님의 건강을 생각하면서 하녀의 호의까지 얻어낼 수 있으니 얼마나 좋은 일인가.

*

주인님께서 작고 변변찮은 선물을 친구 분께 전하라고 심부름을 보내신다면, 그게 마치 다이아몬드 반지라도 되는 양 소중하게 다루어라. 그 선물이 사과 대여섯 개에 불과하더라도, 그 댁 하인을 시켜 그 댁 주인님께 그 사과들을 직접 전해드리라는 지시를 받았다고 말씀드리게 하라. 이런 태도는 당신이 사고나 실수를 방지하기 위해 얼마나 정확하고 조심스럽게 처신하는 하인인지 보여줄 것이다. 그리고 그 댁 주인님이나 마님께서 당신에게 적어도 1실링 정도의 팁을 주시지 않을 수 없을 것이다. 마찬가지로 당신 주인님이 그 비슷한 선물을 받으실 때도 선물을 가져온 상대방 댁 심부름 하인에게 당신이 했던 것과 똑같이 하라고 가르쳐 주어라. 그리고 주인님께 넉넉히 인심을 쓰시도록 암시하고 자극하라. 하인들이란 서로 상부상조해야 하는 것 아닌가. 이 모든 일은 진정 주인님의 명예를 위한 것이다. 주인님의 명예야말로 모든 훌륭한 하인들이 염두에 두어야만 하는 고려 사항이며, 그걸 가장 잘 판단하는 사람이 바로 당신 같은 하인이다.

*

여자친구와 만나 잠시 잡담을 나누거나, 맥주 한 잔을 마시거나, 혹은 곧 교수형에 처해질 친구를 위로하러 가기 위해 잠시 몇 집 떨어진 가까운 거리에 외출할 땐 대로 변 쪽 문을 열어놓고 나가라. 그래야 집에 돌아왔을 때 노크 없이 몰래 들어올 수 있고 주인님께서도 당신이 외출했었다는 걸 눈치 채지 못하실 것이다. 15분 가량의 외출은 주인님을 모시는 일에 아무런 지장도 주지 않는다.

*

식사 후 남아있는 빵 조각들을 치울 땐 지저분한 접시에 담은 후 그 위에 다른 접시들을 올려놓고 꽉 누른다. 그래야 누구도 손대지 못한다. 이 빵 조각들은 부랑아 구두닦이 소년에게 줄 좋은 선물이 된다.

*

어쩔 수 없이 당신 손으로 직접 주인님 구두를 손질해야 할 때는 아주 날카로운 대형 식탁용 나이프 날을 이용하라. 또한 구두 앞부리는 불에서 1인치 정도 되는 곳에서 말려라. 젖은 구두는 위험하기 때문이다. 게다가 이런 꾀를 쓰면 그 구두를 더욱 빨리 당신 몫으로 챙길 수 있다.

*

어떤 댁에서는 주인이 종종 와인 한 병을 사오라고 시

킨다. 이때 그 심부름은 주로 정복 하인인 당신이 하게 된다. 따라서 당신에게 충고하는데 그럴 때는 술집에서 가장 작은 술병을 고르고 급사에게 술은 1쿼트(1.14리터)만 달라고 하라. 그러면 당신 몫의 술 한 잔은 충분히 떨어질 것이고 술병도 꽉 채울 수 있을 것이다. 술병 막을 코르크 마개에 대해서는 신경 쓸 필요가 없다. 엄지손가락이면 충분하고 또 씹다버린 지저분한 종이 조각도 대신 쓸 수 있다.

*

  너무 많은 요금을 요구하는 의자 가마꾼이나 전세마차 마부와 다툼이 일어나면 대개의 경우 주인님께서는 당신을 내려 보내 그들과 흥정하라고 시키신다. 이때는 이 가엾은 자들을 불쌍히 여기고 주인님께 이들이 단 한 푼도 값을 깎으려 들지 않는다고 말씀드려라. 주인님께 하찮은 돈일 뿐인 1실링을 아껴드리는 것보다 맥주 한 조끼라도 얻어 마시는 게 당신에게는 더 이익이다.

*

  캄캄한 밤에 마님을 모시게 되었을 때 만약 마님께서

마차를 이용하신다면 마차 옆을 따라 걸으면서 몸을 지치게 만들거나 더럽히지 말고 마차 뒤편 적당한 곳에 올라타라. 그리고 대형 촛대는 마차의 지붕에 비스듬히 기울여 놓고 있다가 끌 때는 마차 모서리에 세게 쳐서 꺼라.

*

일요일 날 마님을 교회에 모셔다 드리고 나면 당신에게는 두 시간 정도의 여유가 생긴다. 이때는 안심하고 동료들과 시간을 보내거나, 집으로 돌아와 요리사나 하녀들과 비프스테이크와 맥주 한 조끼를 즐겨라. 정말이지 가엾은 하인들에겐 이런 행복한 시간을 즐길 기회가 너무나 적다. 그러니 이런 기회가 오면 절대로 놓치지 마라.

*

식사 시중을 들 때는 절대로 양말을 신지 마라. 당신 자신의 건강을 위해서도 그래야 하지만 식탁에 앉아계신 분들을 위해서도 그렇다. 특히 대부분의 숙녀 분들은 젊은 남자의 발 냄새를 좋아하며, 그게 우울증의 특효약이란 얘기도 있다.

*

가능하다면, 일자리를 구할 때 당신이 착용할 하인 정복 색깔이 가장 덜 야하고 가장 눈에 덜 띄는 그런 댁의 일자리를 구하라. 초록색이나 노란색은 즉시 당신의 신분을 노출시킨다. 은 레이스를 제외한 온갖 종류의 레이스들도 마찬가지다. 하지만 당신의 주인님이 공작님이라든가 막대한 재산을 물려받은 지 얼마 안 되는 탕자 아들이 아니라면 그런 은 레이스가 당신 몫으로 떨어지는 일은 좀처럼 없을 것이다. 당신이 원하는 정복 색깔은 파란색이거나 붉은 빛이 약간 도는 황갈색이어야 한다. 이런 색깔의 하인 정복을 차려 입고, 칼을 빌려 차고, 주인님 리넨 하의를 입고, 거기다 타고난 자신감이나 개발된 자신감까지 갖춘다면 당신은, 당신을 잘 모르는 곳에 갔을 때 원하는 모든 호칭을 듣게 될 것이다.

*

식사 후 접시나 기타 식기류를 식당에서 들고 나올 때 가능하면 양손에 짐을 최대한 많이 들어라. 가끔 뭔가를 흘리고 그릇들을 떨어뜨리기도 하겠지만, 연말에 가서 보면 당신이 얼마나 일을 재빠르게 해치웠는지, 또 얼마나 많은 시간을 절약했는지 알게 될 것이다.

*

 주인님이나 마님께서 혹 길거리를 걸으시게 된다면 그 옆 자리를 유지하면서 가능한 최대한도로 그분들과 동등한 자세를 유지하라. 사람들은 그걸 보고 당신이 그분들의 하인이 아니라고 생각할 수도 있고, 그분들 친구라고 생각할 수도 있다. 그러나 혹 두 분 중 한 분께서 돌아서서 당신에게 말을 걸어 부득이 모자를 벗어야 한다면 엄지손가락과 다른 손가락 하나만 사용하고 나머지 손가락들로는 머리를 긁어라.

*

 겨울에는 식사 올리기 2분 전 쯤 식당 불을 지펴라. 그래야 주인님께서 당신이 석탄을 얼마나 아끼는지 알 수 있다.

*

 난로 불을 들쑤시라는 지시를 받았을 땐 불 솥로 난로 방책들 사이의 석탄재부터 청소하라.

 한밤중인데도 마차를 부르라는 지시를 받았을 땐 문 앞

까지만 나가고 그 이상은 나가지 마라. 주인님께서 당신을 부를 때 없으면 안 되니까. 그리고 그곳에 서서 30분가량 "이봐, 마차 대령해, 마차!"라고 고함을 질러라.

*

정복 착용 하인들이란 온갖 사람들에게 비천한 사람으로 대접 받는 불운을 타고 난 사람들이다. 그렇더라도 어떻게든 용기를 잃지 마라. 가끔은 엄청난 행운을 맞이할 수도 있으니. 우리와 같은 직업을 가진 하인들 중에 나와 절친한 친구 한 명이 있었다. 그는 한 왕실 귀부인의 정복 하인이었다. 그 부인은 명예로운 직업까지 갖고 있었고, 백작의 누이이자 상류인사의 미망인이었다. 그녀는 내 친구 하인에게서 교양 있고 예의바른 면을 발견했으며, 그가 그녀 앞에서 발걸음을 내딛을 때나 모자를 쓸 때 기품이 있는 걸 발견하고는 여러 차례 승급을 시켜줬다. 그러던 어느 날 그녀는 내 친구(이름이 톰이었다)를 마차에 태우고 바람을 쐬러 나갔는데 마부가 길을 잘못 들어 상류층 사람들이 다니는 한 예배당에 멈추게 되었다. 내친김에 이들 남녀는 그곳에서 결혼식을 올려 버렸고, 톰은

꽃마차를 타고 마님 옆자리에 앉아 집으로 돌아왔다. 그러나 불행하게도 그는 그녀에게 브랜디 마시는 법을 가르쳤다. 그녀는 술을 사먹느라고 식기까지 몽땅 전당포에 잡혔으며 결국 술로 인해 죽고 말았다. 그리고 톰은 현재 착실한 솜씨를 지닌 맥아 기름 장사꾼이 되어 살고 있다.

유명한 도박꾼인 바우처란 자도 우리와 같은 동종 업무에 종사하던 자였다. 그는 5천 운드의 재산을 소유하게 되자, B모 공작에게 하인 복무를 하던 때 받지 못한 밀린 급료를 독촉하기까지 했다. 그 외에도 나는 성공한 다른 많은 동료들의 예를 더 들 수 있다. 그 중에서 특히 아들이 궁정 요직을 차지하고 있는 내 동료는 당신에게 이런 조언을 주기에 충분한 자격을 지닌 사람이다. 모든 사람들에게 뻔뻔하고 건방지게 굴고, 특히 목사나 몸종 하녀, 특히 상류층 인사 댁에 근무하는 높은 지위의 하인들에게 그렇게 굴라는 것이다. 가끔 그런 태도를 보이다 발길질을 당하고 매질을 당하더라도 크게 신경 쓰지 마라. 그런 오만불손한 태도가 결국은 당신에게 이익이 될 것이며, 하인 정복을 입던 처지에서 곧 군기를 들고 다니는 처지로 바뀔 테니까.

*

 식사 시 의자 뒤에서 시중을 들 때에는 끊임없이 의자 뒤를 흔들거려라. 그래야 당신 앞에 앉아 계신 분께서 당신이 시중 들 준비가 되어 있다는 것을 알 수 있다.

*

 도자기 접시들을 들고 가다 떨어뜨린다면, 그런 일은 흔히 있는 일이니 반드시 다음과 같은 핑계들을 대라. "개와 부딪쳤습니다. 침실 담당 하녀가 문을 벌컥 여는 바람에 부딪쳤습니다. 문 입구에 누가 걸레를 세워나서 걸려 넘어졌습니다. 소맷자락이 자물쇠 고리에 끼었습니다."

*

 주인님이나 마님께서 침실에서 대화를 나누고 계실 때 혹 그 대화 내용이 당신이나 동료 하인들과 관련된다는 의심이 든다면, 모두의 공익을 위하여 그 내용을 엿들어라. 그리고 모든 하인들이 일치단결하여, 하인 사회를 해칠 수 있는 개혁조치들을 막기 위해 적절한 조치들을 취하라.

*

 잘 나간다고 자만하지 마라. 운명이란 수레바퀴 위를 돌 듯 변화무쌍하다고 하지 않는가. 당신이 현재 훌륭한 일자리에서 일하고 있다면 당신은 그 운명의 수레바퀴 정점에 있는 것이다. 그럴 때면 당신이 얼마나 자주 알거지가 되어 문밖으로 쫓겨났었는지 기억하라. 급료를 받기도 전에 압수되어 버렸던 일, 헌 재료로 만든 붉은 굽 구두와 중고품 부분 가발, 수선한 레이스 주름 장식 같은 걸 사느라고 급료를 탕진했던 일, 맥주 집 아낙네나 브랜디 술집에 진 엄청난 술값 빚을 갚느라 급료를 탕진했던 일을 기억하라. 이웃 술집 급사 녀석은 당신이 잘리기 전에는 아침부터 오라고 손짓해서 소 볼 살점을 공짜로 주고 술값은 그저 장부에 외상으로 달아놓더니만, 당신이 불명예스럽게 보따리를 싸게 되자마자 주인님께 득달같이 달려와 당신 급료에서 술 외상값을 갚아 달라고 애원하지 않았던가. 그리고는 땡전 한 푼 지불되지 않자 채무 집행관을 대동하고 나타나서 당신을 막다른 지하실까지 추격해왔었다. 얼마나 빠른 속도로 당신이 남루해졌으며 누더기를 걸친 초라한 신세로 전락했는지, 닳아 해진 구두를 신은 거지꼴이 되었는지 기억하라. 그런 당신은 새 일자리를 찾으며 그럴 듯하게 보이기 위해 옛날 입었던 하인 정복까지 빌려 입었다. 그리고 옛 친구가 일하는 집에 몰래 들어가 목숨과 영혼 모두를 유지하기 위해 남은 음식을 훔쳐 먹었다. 옛날 노래 가사에 나오듯 당신은 갈 곳 없이 쫓겨나 정처 없이 헤매는 '하인 놈' 처지라는 가장 밑바닥 신세로 떨어졌던 것이다. 가장 잘 나가고 있을 때 이 모든 옛날 일들을 반드시 기억하라.

*

넓은 세상에 내팽개쳐져, 최근에 새로 들어온 견습생 하인에게는 충분한 도움을 주어라. 그 중 한 명은 조수로 삼아 술집에 갈 생각이 없을 땐 마님 심부름을 대신 시켜라. 가끔 그에게 몰래 빵 조각이나 찬 고깃점을 빼내어 갖다 주어라. 주인님께서 그 정도는 감당할 수 있으신 분이다. 그리고 그가 아직 숙소를 정하지 못하고 있다면 마구간이나 마차 창고, 혹은 계단 뒤편에서 자게 하라. 그리고 당신 집에 드나드는 모든 신사 분들께 그가 아주 훌륭한 하인이라고 추천해 주어라.

*

 정복 착용 하인으로 늙어간다는 것은 치욕스러운 모든 일들 중에서도 가장 치욕스러운 일이다. 세월은 계속 흘러가는데, 왕실의 일자리를 얻는다거나, 군대의 지휘관 자리를 얻는다거나, 재산관리인 자리를 승계한다거나, 세무서 일자리를 얻는다거나(그런데 이 마지막 두 일자리는 읽거나 쓸 줄 모르면 얻을 수 없다.), 주인님의 조카 따님이나 친 따님과 도망칠 희망이 없다면, 나는 당신에게 당장 그 하인 자리를 때려 치고 노상강도로 나서라고 충고하겠다. 그것이 당신에게 남은 유일한 명예직이다. 그리고 노상에 나가면 많은 옛 동료들을 만나게 될 것이다. 그곳에서 짧지만 즐거운 삶을 살아라. 그리고 세상을 떠날 땐 멋지게 죽음을 맞이하라. 그 방법에 대해 몇 가지 지침을 알려 주겠다.

*

 당신에게 주는 이 마지막 충고는 당신이 교수형을 당하게 되었을 때의 행동 지침과 관련된다. 주인에게 강도짓을 했거나, 무단 주거침입을 했거나, 노상강도가 되었거나, 혹은 술을 먹다 처음 만난 사람을 살해했다면 십중팔구 당신의 운명은 교수형이다. 그리고 그렇게 교수형을 당하게 된 것은 멋진 우정을 너무 좋아했거나, 너무 관대한 마음을 지녔거나, 너무 과도하고 혈기왕성한 기백을 지녔기 때문이다. 어쨌든 이처럼 교수형을 받게 되었을 때 당신이 멋지게 처신한다면 동료들 모두에게 감동을 주게 될 것이다.

*

 우선 재판을 받을 때는 온갖 욕설을 총동원하여 아주 진지하게 사실을 부인하라. 입장만 허용된다면 당신의 동료들 백여 명이 법정 여기저기 앉아 있다가 요청 즉시 재판관들 앞에서 당신의 훌륭한 성품을 증언해 줄 것이다. 공범자를 폭로할 경우 그 대가로 당신의 죄를 용서해주겠다는 약속만 아니라면, 그 어떤 설득에도 넘어가지 말고 당신의 죄를 자백하지 마라. 하지만 나는 결국 이 모든 일이 헛된 일이라고 생각한다. 지금 당장 당신이 교수형을 피할 수 있다 하더라도 언젠가 다른 날 다시 같은 운명에

처해질 것이기 때문이다. 런던 뉴게이트 감옥에서 가장 글발 좋은 사람에게 부탁해 마지막 유언장을 준비해 놓아라. 당신의 친절한 여자 애인들이 당신에게 네덜란드 산 셔츠와 진홍색, 검은색 리본이 왕관처럼 달려있는 흰색 모자를 갖다 줄 것이다. 뉴게이트의 모든 친구들과 명랑하게 작별하라. 처형장까지 가는 짐수레에 용감하게 올라타라. 무릎을 꿇고 하늘을 올려다봐라. 비록 한 글자도 못 읽더라도 양손엔 책을 들어라. 교수대에 올라가서까지도 사실을 부인하라. 교수형 집행관에게 입을 맞추고 그를 용서하라. 그리고 마지막 작별 인사를 고하라. 당신의 장례식은 동료들의 비용으로 화려하게 치러질 것이다. 당신의 시신은 의사조차도 건드리거나 만지지 않을 것이다. 그리고 당신에게 필적할 만한 후계자가 당신 자리를 계승할 때까지 당신의 명성은 지속되리라.

마차꾼

 당신은 오직 마차의 마차꾼 석에 앉아 주인님 내외분을 실어 나를 의무만을 갖고 있다.

*

 주인님이나 마님께서 외출을 하시게 되어 시중을 들게 될 때, 혹 당신이 집을 몰래 빠져나가 인근 술집에서 친구와 맥주를 마시던 중이더라도, 말들이 아무 탈 없이 대기하고 있을 수 있도록 항상 말들을 충분히 훈련시켜 놓아라.

*

 말을 몰 기분이 아니라면, 주인님께 말들이 감기에 걸

렸다거나, 말편자를 갈아 끼워야 한다거나, 비가 와서 말들이 다치고, 털이 거칠어지고, 마구가 녹슬 위험이 있다는 등의 핑계를 대라. 이런 핑계들은 말구종도 써먹을 수 있다.

*

주인님께서 시골 친구 분과 식사를 하실 예정이라면, 취할 수 있는 만큼 술에 취하라. 훌륭한 마차꾼은 술에 취했을 때 가장 마차를 잘 몬다고 인정되기 때문이다. 그리고 절벽 1인치 앞까지 마차를 몰아 솜씨를 보여줘라. 그리고 당신은 술에 취했을 때 마차를 가장 잘 몬다고 자랑하라.

*

당신의 말들 중 한 마리를 마음에 들어 하며 말 값 외에 기꺼이 웃돈을 더 얹어주겠으니 말을 팔라고 하는 신사가 있다면, 주인님께 그 말을 파시라고 설득하라. 성질이 아주 고약해서 그 말을 도저히 못 몰고 다니겠으며, 게다가 너무 많이 타서 다리까지 절름거린다고 그 이유를 대라.

*

일요일 날은 교회 앞에서 마차를 지켜줄 부랑아 구두닦이 소년 하나를 포섭해 놓아라. 그리고는 마님께서 예배를 보시는 동안 동료 마차꾼들과 함께 술집에서 즐거운 시간을 보내라.

*

마차의 바퀴 상태는 항상 양호하게 유지하도록 유의하라. 그리고 가능한 한 자주 새 바퀴 세트를 구입하라. 쓰던 바퀴 세트가 당신의 부수입으로 주어지든 그렇지 않든 관계없다. 그것이 당신의 정당한 이득이 되는 경우도 있을 것이고, 주인님의 탐욕에 대한 정당한 징벌이 되는 경우도 있을 것이다. 어쨌든 마차 제작업자가 당신에게 보상을 해 줄 것이다.

말구종

 당신은 모든 여행에서 주인님의 명예를 전적으로 관리해야 하는 업무(말 관리를 맡고 있는 하인인 말구종은 말을 타고 떠나는 주인의 장거리 여행을 수행한다. 평상시에는 마구간 관리, 말 털 빗기, 말편자 관리, 말 훈련 등을 맡는다.)가 주어진 하인이다. 당신의 가슴속이 바로 주인님의 그런 명예의 저장고이다. 주인님께서 시골을 여행하며 여관에 묵게 되신다면, 그곳에서 당신이 마시게 되는 모든 브랜디 한 모금, 특제 맥주 한 잔이 주인님의 인품을 드높이게 된다. 당신은 반드시 주인님의 명예를 소중히 여겨야 한다. 따라서 나는 당신이 앞서의 그 두 가지 술을 아낌없이 마시기를 희망한다. 또한 그 여관 소속의 대장장이, 마구업자, 요리사, 말구종, 말발굽 보호대 수리업자들이 당신 덕택에 당신 주인님의 후한 마음씨를 함께 나누어야 한다. 그러면 주인님의 명성이 이 마을에서 저 마을로 널리 퍼져나갈 것이다. 주인님의 주머니 사정을 감안한다면, 맥주 1갤런(4.5리터)이나 브랜디 1파인트(0.57리터)가 뭐 그리 대수란 말인가. 설령 당신의 주인님이 명예나 평판보다 지갑을 더 중시하시는 분이시더라도, 당신만큼은 주인님의 명예에 대한 배려가 더 중요하다고 생각해야 한다. 주인님께서 타시는 말은 편자를 적어도 두 번은 갈아줘야 하겠지만 당신 말은 징이나 갈아줘라. 주인님 말에게 주어지는 귀리나 콩의 양은 대개 여행에 필요한 양보다 훨씬 더 많다. 그 중에서 3분의 1 가량을 덜어내어 맥주나 브랜디로 바꿔 먹어라. 당신의 이런 분별 있는 행동에 의해 주인님의 명예가 높아지고 여행 경비도 절감된다. 혹시 주인님께서 당신 이외에 다른 하인을 동반하지 않으신다면, 당신은 술집 급사와 아주 손쉽게 계산을 마칠 수 있다.

*

여관에 도착하여 말에서 내리자마자 말들은 여관 마구간지기 소년에게 맡기고, 그에게 물웅덩이까지 말들을 몰고 가라고 시켜라. 그런 다음 당신은 맥주 큰 조끼 하나를 주문하라. 기독교인이 짐승보다 먼저 음료를 마셔야 하는 건 당연한 일 아닌가. 주인님 시중은 여관의 하인들에게 맡겨놓고, 말들은 여관 마부와 마구간 하인들에게 맡겨라. 그러면 주인님과 말들을 가장 적절한 담당자들에게 맡긴 셈이다. 당신 자신은 당신 스스로가 챙기면 된다. 따라서 저녁 식사를 마친 후 마음껏 술을 마시고, 당신보다 훨씬 더 훌륭한 사람들의 시중을 받고 있는 주인님을 귀찮게 하지 말고 잠자리에 들어라. 여관의 마부 또한 정직한 친구이고 가슴속 깊이 말을 사랑하는 사람이다. 그러니 세상 무슨 일이 있어도 말 못하는 이 짐승들을 학대하지 않을 것이다. 주인님에 대해 항상 신경을 쓰고 걱정하라. 따라서 여관 하인들에게 그분을 너무 일찍 깨우지 말라고 지시하라. 주인님이 일어나시기 전에 미리 아침을 먹어 주인님께서 당신을 기다리시는 일이 없게 하라. 여관 마부를 시켜 주인님께 길 상태가 아주 좋고, 가야 될 거리가 아주 짧다고 말씀드리게 하되, 비가 올까 걱정되니 날씨가 갤 때까지 좀더 머무르다 가시도록 충고하게 하라. 그러면 식사 후 충분한 시간 여유가 있을 것이다.

*

예의상 주인님이 먼저 말에 오르시게 하라. 주인님이 여관을 떠나실 때 여관 마부를 칭찬하는 덕담을 하라. 그가 얼마나 말들을 잘 보살폈는지 얘기하고 그보다 더 예의바른 하인은 본 적이 없다고 덧붙여라. 그런 다음 주인님이 먼저 말을 타고 떠나시게 하라. 당신은 남아서 여관 주인의 술대접을 받고 가라. 그런 다음 주인님이 찾으실지 모르니 읍과 마을을 전속력으로 내달려 주인님을 쫓아가라. 그러면서 승마 솜씨도 뽐내라.

*

모든 훌륭한 말구종들이라면 의당 그렇겠지만, 당신이 만약 말편자 공까지 겸하고 있다면 백포도주나 브랜디, 독한 에일 맥주로 매일 밤 말의 발뒤꿈치를 문질러 주어라. 그리고 그런 술들은 아끼지 마라(어차피 소비해야 한다면). 술이 남는다면 그걸 어떻게 처리해야 하는지는 당신이 잘 알고 있지 않은가.

*

 주인님의 건강에 신경 써라. 너무 오랜 시간 동안 달렸다 싶으면, 힘들게 달리느라고 말들이 쇠약해지고 여위었다고 말씀드려라. 그리고 주인님이 원래 가려고 마음먹었던 곳보다 5마일 앞에 아주 좋은 여관이 있다고 말씀드려라. 혹은 주인님 말의 앞발 편자를 아침에 미리 느슨하게 풀어놓거나, 양어깨 사이 융기된 부위의 안장을 꽉 끼게 조여 놓거나, 밤부터 아침까지 말에게 먹이를 주지 마라. 그러면 주인님의 말이 노상에서 지쳐 나가떨어질 것이다. 또 얇은 철판을 말굽과 편자 사이에 끼워 넣어 말의 걸음을 멈추게 만들 수도 있다. 이 모든 행동들이 다 주인님에 대한 더할 나위 없는 당신의 애정에서 비롯된 것이다.

*

 일자리를 새로 얻게 되었을 때 새 주인님께서 당신에게 술을 잘 마시냐고 물어보신다면 솔직하게 맛있는 맥주 한 컵 정도는 좋아한다고 고백하라. 하지만 술에 취하든 맨정신이든 말들은 결코 소홀히 하지 않는 것이 당신의 일하는 방식이라고 말씀드려라.

*

주인님께서 바람을 쐬시거나 심심풀이로 말을 타고 나갈 마음이 생기셨는데, 당신의 개인적 용무 때문에 주인님을 수행하는 게 불편할 것 같으면, 말들에게 방혈을 시켜줘야 한다거나, 주인님 말이 과식을 해서 배설을 시켜줘야 한다거나, 혹은 안장과 고삐를 수리해야 한다는 등의 핑계를 대라. 이런 핑계들은 당신이 정당하게 할 수 있는 것들이다. 말들에게도 주인님께도 아무런 해가 되지 않을 뿐더러 말 못하는 이 짐승들에 대해 당신이 갖고 있는 크나큰 애정을 보여주기까지 한다.

*

가고 있는 목적지 읍내에 당신과 친하게 지내고 있는 여관 마부나 급사 녀석이 있는 특별한 여관이 있다면, 다른 여관들에 대해 흠을 잡아라. 그리고 주인님께 그 여관을 추천하라. 아마 맥주 한두 잔이나 브랜디 한두 잔은 당신 몫으로 떨어질 것이고, 주인님의 명예도 올라갈 것이다.

*

 주인님께서 건초를 사오라고 심부름을 시키시면 당신에게 가장 후하게 대해주는 장사와 거래하라. 말구종이란 직책이 계속 이어진다는 보장이 없으니 합법적이고 관습적으로 주어지는 부수입은 어떤 것이든 절대로 놓쳐서는 안 된다. 주인님께서 직접 건초를 구입하신다면 그건 당신을 우롱하시는 일이다. 따라서 그런 경우엔 주인님의 본분을 자각시켜드리기 위해 반드시 그 건초가 다 떨어질 때까지 흠을 잡아라. 만약 그 건초를 먹고 말들이 튼튼하게 잘 지낸다면 그건 당신 잘못이다.

*

 건초나 귀리는 숙련된 말구종의 관리하에서는 아주 맛좋은 브랜디 술이나 맛있는 맥주가 될 수 있다. 어쨌든 나는 이 정도까지만 힌트를 주겠다.

*

 주인님께서 시골 친구 분 댁에서 식사를 하게 되거나 주무시게 될 때, 혹 그 댁에 말구종이 없거나, 출타 중이거나, 말들이 아주 소홀히 관리되었다 하더라도, 그 댁 하인들 중 한 명에게 주인님께서 말을 타실 때 반드시 말을 잡고 있게 시켜라. 잠시 동안 들르기 위해 주인님께서 말에서 내리실 때에도 당신이 이렇게 시키길 바란다. 동료 하인들끼리는 항상 서로 배려하며 친하게 지내야 하는 것이다. 말을 잡아주는 그 하인에게 주인님께서 돈 몇 푼을 집어주지 않을 수 없으실 테니, 이는 주인님의 명예와 관련되는 일이기도 하다.

*

장거리 여행을 하게 될 때에는 주인님의 허락을 얻어 말들에게 독한 에일 맥주를 먹여라. 2쿼트(약 2.28리터) 잔을 가득 채워 마구간으로 가져온 뒤, 먼저 반 파인트(약 0.28리터)만 여물통에 따라 주어라. 말들이 그걸 안 마신다면 당신이나 여관 마부가 최선을 다해 마시게 해야 할 것이다. 그러면 아마 다음번 여관에 도착했을 때 말들이 훨씬 더 기분 좋은 상태에 있게 될 것이다. 반드시 실험해 보기 바란다.

*

말들에게 바람을 쐬어주러 사냥터 숲이나 들판으로 데

리고 나가야 할 때는 말구종 견습생이나 부랑아 구두닦이 소년에게 맡겨라. 이들은 당신보다 몸이 더 가볍기 때문에 말들에게 훨씬 부담을 덜 주면서 경주 시합도 하고, 울타리나 도랑들을 건너뛰어 넘을 것이니 믿고 맡길 수 있다. 그 동안 당신은 말구종 동료들과 사이좋게 술이나 마시고 있으면 된다. 그러나 가끔 당신이나 동료들도 말이나 주인님의 명예를 위해 서로 경주 시합을 벌어야 할 것이다.

*

집에 있을 땐 말들에게 건초나 귀리를 아낌없이 먹여라. 여물 선반 꼭대기까지 꽉꽉 채워놓고 여물통에도 가장자리까지 가득 채워 주어라. 절약을 한답시고 당신에게 먹을 것이 하찮게 주어진다고 생각해 보라. 기분 나쁠 것이 아닌가. 물론 말들이 그 많은 여물을 먹을 배가 모자랄지도 모른다. 하지만 말들이 여물을 더 달라는 말을 못한다는 점을 고려하라. 건초가 그냥 버려지는 한이 있더라도 손해가 아니다. 여기 저기 흩어져서 짚 대신 쓰여 짚을 절약할 수 있다.

*

 주인님께서 시골 친구 분 댁에서 하룻밤 묵으신 뒤 떠나실 때는 주인님의 명예를 고려해 드려라. 팁을 학수고대하고 있는 그 댁 하인들이 얼마나 많은지 알려드려라. 그리고 그 댁 하인들에게는 당신 주인님이 그 댁을 나설 때 두 줄로 서서 배웅하라고 힌트를 주어라. 하지만 돈은 그 댁의 집사에게 맡겨서는 안 된다고 주인님께 말씀드려라. 그자가 다른 하인들을 기만할지도 모른다. 그리고 이렇게 하면 주인님께서 부득이 좀더 후한 마음을 먹을 수밖에 없을 것이다. 그런 다음 기회를 봐서 지난번에 당신이 모셨던 전 주인 아무개 지주님께서는 하인들 각자에게 각각 많은 팁을 주셨으며, 각별히 하녀장과 몇몇 하인들에겐 특히 많은 팁을 주셨다고 말씀드려라. 그리고 주인님이 원래 주려고 마음먹었던 액수보다 두 배를 더 불러라. 이때 반드시 그 댁 하인들에게 당신이 그들을 위해 얼마나 훌륭한 선행을 베풀었는지 말하라. 이렇게 하면 당신은 그 댁 하인들로부터는 사랑을 얻을 것이고 주인님은 명예를 얻을 것이다.

*

 마차를 모는 마차꾼 녀석이 당신보다 자기가 술을 더 잘 먹는다고 우겨도, 사실 그보다는 당신이 더 자주, 과감하게 술을 많이 마시고 취할 수 있다. 당신은 당신 자신의 목 이외에는 다른 누구의 목도 부러뜨릴 위험이 없기 때문이다. 게다가 말이란 녀석은 스스로를 하도 잘 보살피는 영특한 동물이라서 고삐를 잡아당기거나 어깨를 툭 쳐야만 움직이는 동물이다.

*

 여행 시 주인님의 승마복을 가져가게 될 때에는 당신의 승마복을 그 안에 넣고 싸라. 그리고 가죽 끈으로 승마복을 단단히 묶어라. 그리고 주인님 승마복의 바깥 면을 보호하기 위해 안쪽이 밖으로 나오도록 뒤집어라. 비가 오기 시작한다면 주인님의 외투를 준비해 놓았다가 바로 드려라. 혹 주인님 옷을 당신 옷보다 더 버렸다 하더라도 신경 쓰지 마라. 그 정도로 옷을 버리는 일쯤이야 주인님께서 능히 감당하실 수 있는 일 아닌가. 당신의 말구종 제복은 1년 내내 똑같은 용도로만 쓰이는 단벌 아닌가.

*

 여관에 도착했을 때 힘들게 달려오느라 말들이 온통 땀으로 젖어있고, 지저분하고, 게다가 후끈거리기까지 한다면 즉시 여관 마부를 시켜 배 부분까지 물이 차도록 말들을 물속에 집어넣게 한 뒤, 원하는 만큼 양껏 물을 마시게 하라. 그러나 이후 1마일 정도는 말을 전속력으로 달리게 해야 한다. 피부를 마르게 하고 뱃속의 물도 따뜻하게 데워주기 위해서다. 이런 일은 여관 마부가 잘 알아서 할 테니 모든 일은 그가 알아서 하게 놔두고, 그 동안 당신은 마음이나 달래면서 부엌 난롯가에 앉아 에일 맥주나 브랜디를 마셔라.

*

 말의 앞발 편자 하나가 혹시 벗겨져 나갔다면 즉시 내려서 그걸 다시 주울 정도로 세심하게 신경을 써라. 그리고는 전속력으로 여정에 있는 다음번 대장장이 집까지 내달려라(이때 당신이 얼마나 말을 배려하는 사람인지 모든 사람이 볼 수 있게 그 편자를 손에 들고 가라). 대장장이에게 즉시 말편자를 다시 씌우게 하여, 주인님이 당신을 기다리는 일이 없게 하고, 가엾은 말이 말편자 없이 달리는 시간을 가능한 한 짧게 해줘라.

*

주인님께서 친구 분 댁에 묵게 되셨을 때, 그 댁의 건초와 귀리가 아주 양질인 걸 발견한다면 큰 소리로 형편없다고 불평하라. 그러면 당신은 부지런한 하인이라는 소릴 듣게 될 것이다. 그리고 그 댁에 머무르는 동안 먹일 수 있는 한 최대한도로 말들을 배불리 먹여라. 그러면 며칠 동안은 머무는 여관들에서 그만큼 더 적은 양을 먹여도 될 테고, 남는 귀리를 맥주로 바꿔 먹을 수 있다. 그 댁을 떠날 땐 주인님께 친구 분이 얼마나 인색하고 탐욕스러운 구두쇠인지 말씀드려라. 즉 당신이 그 댁에서 버터 우유와 물밖에는 먹은 게 없다고 하라. 그러면 동정심 때문에 주인님께서 다음번 여관에서 당신이 더 많은 맥주를 마시도록 허락해 주실 것이다. 혹 그 친구 분 댁에서 당신이 술에 취하더라도 주인님께서는 화를 내실 수가 없다. 주인님 돈이 든 것은 하나도 없으니까. 하지만 이처럼 술에 취한 상태에서 말씀은 잘 드려야 한다. 그리고 친구의 하인을 잘 대접하는 일은 주인님과 주인님 친구 분 모두의 명예를 높여주는 일이라고 찬사를 드려라.

*

주인님은 늘 말구종을 사랑해야 하며 멋진 말구종 복장을 입히고, 은 레이스가 달린 모자를 하사해야 한다. 이런 복장 일습을 갖춘다면, 여행 중 얻게 되는 주인님의 모든 명예는 다 말구종으로 인해 생기는 것이다. 주인님이 마차꾼에 의해 인적 드문 길가에 내려지는 수모를 당하지 않는 것은 다 당신의 그 멋진 말구종 복장에 표해지는 존경심을 통해 주인님이 간접적으로 받게 되는 예의 때문이다.

*

가끔은 당신이 좋아하는 하녀나 동료하인이 짤막한 소풍을 갈 때 주인님 말을 빌려주어도 좋다. 또한 하루 정도 임대해 주어도 좋다. 말들이란 운동이 부족하면 못 쓰게 되기 때문이다. 그런데 혹 주인님께서 말을 찾는다거나 마구간을 둘러보겠다고 하신다면, 빌어먹을 조수 놈이 마구간 열쇠를 갖고 나가버렸다고 욕을 해대며 둘러대라.

*

 술집에서 친구들과 한두 시간 보내고 싶은데 나가 있는 동안 둘러댈 그럴듯한 핑계거리가 궁하다면 주머니에 낡은 고삐, 말 뱃대 끈, 등자 가죽 끈 같은 것을 넣고 마구간 문이나 뒷문을 통해 몰래 나가라. 그리고 돌아올 때는 나갈 때 주머니에 넣었던 물건들을 손에 꺼내들고 흔들면서 마치 마구상점에 가서 그것들을 수리하고 돌아오는 사람처럼 당당하게 거리 쪽 앞문을 통해 들어와라. 그 동안 주인님께서 당신을 찾은 일이 없었다면 만사형통이다. 혹 주인님과 마주친다 하더라도 당신은 오히려 칭찬을 들을 것이다. 나는 이런 방법이 말구종들 사이에서 아주 좋은 효과를 발휘하며 실천되고 있다고 알고 있다.

재산관리 집사

 피터버러 경의 재산관리 집사(대 저택에서 주인의 재산관리, 토지 임대료 징수, 가계 회계, 생활비 관리 등 가사를 총괄하는 하인들의 우두머리)는 경의 집을 헐고 나서, 그 폐자재들을 팔아먹었다. 그리고 경에게 다시 수리비까지 청구했다. 토지임차인들에게는 토지임대료 회수를 연기해주는 대가로 돈을 뜯어라. 임대계약을 갱신하면서 이익을 챙겨라. 목재들을 팔아먹어라. 주인님께 원래 주인님의 소유인 돈을 빌려줘라(질 블라(18세기 초 프랑스 작가 르 사쥬의 피카레스크 풍 동명 모험소설의 주인공)가 이런 내용을 앞서 말한 그 귀족님께 말씀드린 바 있다).

문지기

 만약 당신의 주인이 국가의 대신이라면, 오직 주인님의 뚜쟁이, 으뜸 아첨꾼, 주인님께 연금을 받아먹고 사는 어용작가, 주인님께서 고용한 스파이나 정보원, 주인님의 전용 인쇄업자, 주인님의 시 변호사, 토지 투기업자, 주인님의 새로운 자금모집책, 주식 투기업자에게만 주인님께서 댁에 계시다고 말하라.

침실 담당 하녀

 당신이 하는 일의 성격은 당신이 모시는 마님의 사회적 신분, 자존심, 재산 상태 등에 따라 달라진다. 그런데 이 소책자는 모든 종류의 가정을 다 대상으로 삼고 있기 때문에, 당신이 고용되어 있는 일의 성격에 일일이 이 지침을 맞추는 일은 매우 힘들다는 것을 알 수 있을 것이다. 어느 정도의 재산이 있는 가정이라면 당신은 청소 담당 하녀와는 하는 일이 구별된다. 따라서 나는 바로 이런 관점하에서 내 지침을 제시하겠다. 당신이 맡은 특수한 업무 영역은 마님의 침실이다. 그곳에서 당신은 잠자리를 정돈하고, 침실 정리정돈을 한다. 만약 당신이 시골에 살고 있다면, 집에 찾아오시는 숙녀 분들께서 묵게 되는 방들도 관리해야 한다. 이런 일은 당신의 몫으로 떨어지는 모든 부수입을 가져다 준다. 당신의 일상적인 연애 상대자는, 내가 알기로는 마차꾼이다. 하지만 당신이 아직 스무 살이 안 됐고 웬만큼 반반한 미모를 지녔다면 정복 착용 하인이 당신에게 눈길을 줄지도 모른다.

*

좋아하는 정복 착용 하인이 있다면 마님의 잠자리 정돈 일을 도와 달라고 하라. 그런데 만약 당신이 젊은 주인님 부부를 모시고 있다면 그 정복 하인과 침구를 뒤집다가 세상에서 가장 재미나는 장면을 목격할지도 모른다. 그리고 그 얘기가 귓속말을 통해 퍼져나가면서 온 집안 식구들에게 아주 재미있는 화젯거리가 될 것이고, 이웃에도 동네방네 소문이 나게 될 것이다.

*

사람들 눈에 띌지 모르니 침실용 변기는 아래로 가지고 내려가지 마라. 마님의 명예를 위하여 그냥 창문 밖으로 버려라. 고매하신 숙녀 분께서 그런 용기를 사용한다는 사실을 남자 하인들이 알게 되는 것은 부적절한 일이다. 그리고 침실용 변기는 문질러 닦지 마라. 그 냄새가 건강에 유익하니까.

*

 혹시 총채 끝자락으로 벽난로나 옷장 위에 있던 도자기를 깼다면 그 조각들을 최선을 다해 모아라. 그리고 그것들을 다른 물건들 뒤에 숨겨 놓아라. 만약 마님께서 그걸 발견하신다면, 당신이 일을 하러 오기 오래 전에 이미 깨진 거라고 안심하고 말하라. 이렇게 말씀드리면 마님께서 오랜 시간 동안 화내시는 걸 막을 수 있다.

*

 가끔 위와 같은 이유 때문에 당신은 한눈을 팔다 거울을 깨먹기도 한다. 방을 청소하다가 비의 긴 쪽 자루가 거울에 부딪쳐 산산조각을 내기도 한다. 이런 일은 가장 불운하며 재수가 없는 일이고, 숨기는 것도 불가능한 일이다. 내가 영광스럽게도 정복 착용 하인으로 근무했던 한 유명인사 저택에서 바로 이런 중대한 사고가 일어났던 적이 있었다. 그런데 그토록 갑작스럽고 끔찍했던 비상사태를 맞이하여 가엾은 그 댁 침실담당 하녀가 얼마나 재치 있게 대처했는지 그 자세한 내용을 이야기해 보겠다. 혹시 당신에게 이 비슷한 불운한 일이 일어났을 때 당신의 창의력을 예리하게 가다듬는 데 아마 큰 도움이 될 것이다.

*

가엾은 이 소녀는 솔질을 하다가 그만 일본산 대형 거울을 깨뜨리고 말았다. 그녀는 그리 오래 생각하지 않고 바로, 몹시 침착하게 방을 나가 일단 방문을 잠갔다. 그리고 마당으로 몰래 나가 1킬로그램쯤 나가는 돌멩이를 들고 방으로 다시 돌아왔다. 그리고는 그것을 거울 바로 아래 있는 난로 위에 내려놓고 마당을 향해 나있는 내리닫이 창문의 유리를 깼다. 그리고 방문을 닫고 나온 뒤 다른 볼 일을 보았다. 두 시간 후 방에 들어온 마님께서 거울이 깨져 있고, 그 밑에 커다란 돌멩이가 놓여져 있고 또 창문 유리가 박살이 나 있는 걸 발견하셨다. 이런 모든 상황을 보고 마님은, 하녀가 원했던 대로, 인근에 사는 불량배 놈이나 밖에서 일하는 하인 놈 중 하나가 앙심을 품고 돌멩이를 집안으로 던지는 장난을 친 거라고 결론 내렸다.

*

 그 하녀로 봐서는 이렇게 해서 여기까지 모든 일이 잘 풀렸고, 모든 위험에서 벗어났다고 생각했다. 그런데 몇 시간 후 하필이면 그 마을 목사님께서 그 댁에 들르신 게 그녀로서는 불운이었다. 마님께서 자연스럽게 거울이 깨진 일을 그분에게 말씀드렸던 것이다. 그만큼 그녀로서는 그 사건이 무척 속상했던 것이다. 어쨌든 공교롭게도 수학에 대해 퍽이나 정통하셨던 이 목사님은 마당, 창문, 굴뚝 등의 상황을 조사해 본 뒤, 곧 그런 돌멩이가 마당에서 거울까지 날아와 도달하려면 그걸 던진 사람의 손에서 떠난 후 적어도 세 번 방향을 바꾸지 않으면 안 된다고 확신하시게 되었다. 따라서 그날 침실 방을 청소했던 것으로 밝혀진 침실 담당 하녀에 대해 엄정한 심문이 이루어졌다. 이 하녀는 구세주를 걸고서라도 맹세코 자신은 죄가 없다고 시종일관 잘못을 부인했고, 아직 태어나지 않은 아기들만큼이나 자신이 무죄라는 사실을 목사님 앞에서 성경을 두고 맹세까지 하겠다고 했다. 그러나 결국 이 가엾은 계집은 해고되고 말았다. 그녀의 재간과 재치를 고려해볼 때 나는 이것이 너무나 가혹한 처사였다고 생각한다.

하지만 이 사건은 당신이 같은 일을 당했을 경우 하나의 지침이 될 수 있을 것이다. 즉 그런 이야기를 꾸며내려거든 보다 더 앞뒤가 맞는 이야기를 꾸며내라는 소리다. 예를 들면 이런 변명들을 하란 소리다. "걸레와 빗자루를 들고 청소를 하고 있는데 갑자기 창문에 벼락이 치더니 앞이 거의 안 보였습니다. 그러다 갑자기 난로 위 거울이 깨지고 밑으로 떨어지는 소리가 났습니다. 다시 앞을 볼 수 있게 되자 거울이 온통 산산조각이 나 있는 게 보였습니다." 혹은 이런 주장을 펼 수도 있다. "거울에 먼지가 좀 끼어서 아주 부드럽게 그걸 닦아내려고 했습니다. 그런데 공기 중에 습도가 높아서 그랬는지, 아니면 거울을 벽에 부착시키고 있던 아교나 접착제가 녹아서 그랬는지 그만 거울이 바닥으로 떨어져버렸습니다." 혹은 이런 불행한 사태가 발생하자마자 바로 거울을 벽널에 고정시켜주던 끈들을 잘라버리고 거울이 바닥으로 떨어지게 만들어라. 그런 다음 밖으로 달려 나와 마님께 사실을 말씀드리고 가구업자를 욕하라. 그리고 하마터면 그 거울이 당신 머리 위에 떨어질 뻔 했는데 가까스로 피했다고 말하라.

이런 편법들을 가르쳐주는 것은 무고한 하녀들을 보호해줘야겠다는 소망에서다. 고의로 거울을 깬 것이 아니라면 당신은 분명히 무죄이기 때문이다. 물론 고의로 거울을 깬 거라면, 그런 일을 하게끔 만든 화나는 일이 있는 경우라면 모르겠지만, 나도 결코 용서할 수 없다.

*

부젓가락, 부지깽이, 부삽은 꼭대기까지 기름칠을 해놓아라. 녹스는 걸 방지할 뿐만 아니라, 성가신 사람들이 불을 쑤셔대면서 주인님의 석탄을 낭비하는 일까지 막아준다.

*

바쁜 일이 있을 때는 쓰레기들을 방 한 구석에 쓸어 모은 후 그 위에 빗자루를 놓아 숨겨라. 발각되면 망신이니까.

*

마님의 잠자리를 봐드리기 전까지는 결코 손을 씻지 말

고 깨끗한 앞치마도 입지 말라. 손이 더러워지고 앞치마가 구겨지니까.

*

밤에 마님 침실의 창문 덮개를 닫을 때에는 창문을 조금 열어놓아라. 아침에 신선한 공기가 들어와 방 안을 상쾌하게 만들어줄 것이다.

*

환기를 위해 창문들을 열어놓을 때에는 창틀 밑 긴 의자에 책이나 물건들을 올려놓고 바람을 쐬어 주어라.

*

마님의 침실을 청소할 때는 지저분한 속옷, 손수건, 여자용 캡, 바늘꽂이, 찻숟가락, 리본, 슬리퍼, 기타 청소하는 도중 앞에 놓여있는 물건을 하나하나 일일이 꾸물거리며 집어 들지 말고, 그냥 이 모든 것들을 다 쓸어 모은 후 한꺼번에 다 집어 들어 시간을 절약하라.

*

더운 날 침대 정돈을 하는 일은 아주 고된 일이다. 땀이 펑펑 나기 일쑤다. 그러니 땀방울이 이마에서 흘러내리기 시작한다는 게 느껴진다면 시트 구석 끝자락으로 닦아내어 침대 위에 떨어지지 않게 하라.

*

 마님께서 도자기 컵을 씻어오라고 시켰는데 혹시 떨어뜨렸다면, 그걸 들고 와서 그냥 손으로 만지기만 했는데 깨져버렸다고 주장하라. 그리고 그런 경우 당신뿐만 아니라 동료 하인들에게까지도 분명히 알려주겠다. 이럴 땐 반드시 그럴듯한 핑계 거리들을 준비해놓고 있지 않으면 안 된다는 것이다. 그런 핑계는 주인님께 아무런 해도 입히지 않으며 당신의 잘못을 경감시켜 줄 뿐이다. 당신이 그걸 일부러 깬 것이 아니라는 게 분명하니 나는 당신을 비난하지 않겠다. 실제로 손에 들고 있다가 그냥 깨질 수도 있지 않은가.

*

 당신은 가끔 장례식, 싸움, 교수형 당하러 가는 죄인, 결혼식, 수레에 실려 가는 매춘부, 기타 등등의 구경을 하고 싶을 것이다. 이런 구경거리들이 지나가면 창문을 갑자기 들어 올려 구경을 하게 된다. 그런데 이때 창틀이 꼼

짝 않고 고정되어 다시 닫히지 않는 경우가 있다. 이것은 당신 잘못이 아니다. 젊은 여자들이란 본시 호기심이 많지 않은가. 이때는 창틀의 줄을 끊는 수밖에 다른 방법이 없다. 그리고 본 사람이 없다면 그 잘못을 목수에게 뒤집어 씌워라. 그러면 당신은 집안의 다른 어떤 하인 못지않게 무고하다.

*

마님께서 속옷을 버리시면 그걸 입어라. 그러면 칭찬도 듣고 당신 자신의 속옷도 절약하게 되는 셈이니 조금도 나쁠 게 없다.

*

마님의 베개에 커버를 씌울 때는 반드시 멋지고 커다란 핀 세 개로 잘 고정시켜라. 밤에 벗겨지지 않도록.

차를 마실 때 빵과 버터를 같이 내놓는 경우에는, 빵의 모든 틈새에 버터가 가득 차게 잘 발라야 저녁때까지 빵의 습도가 유지된다. 그리고 당신이 청결하다는 걸 보여주기 위해 엄지손가락 자국은 모든 빵의 한쪽 끝 면에만 보이게 하라.

*

문이나 트렁크, 캐비넷을 열거나 잠그라는 지시를 들었는데 맞는 열쇠를 잃어버렸다거나 열쇠 꾸러미에서 그걸 분간해내지 못하겠다면, 쑤셔 넣을 수 있는 첫 번째 열쇠를 자물쇠 구멍에 넣은 후 온 힘을 다해 돌려라. 자물쇠가 열리든지 열쇠가 부러지든지 둘 중 하날 거다. 아무런 결과도 없이 그냥 돌아간다면 마님께서 당신을 바보로 생각하실 게 아닌가.

몸종 하녀

 당신의 고유 업무에서 생기는 즐거움과 부수입을 감소시키는 두 가지 사태가 최근 벌어지고 있다. 첫 번째는 헌 옷을 도자기로 교환하거나 혹은 안락의자 커버, 휘장, 걸상, 쿠션 등에 쓰는 조각보로 만드는 빌어먹을 풍습이 마님들 사이에 생겨나고 있다는 것이다. 두 번째는 자물쇠와 열쇠가 달린 조그마한 함과 트렁크가 발명되어 마님들이 그곳에 차와 설탕을 보관한다는 것이다. 차와 설탕 없이 몸종 하녀가 어찌 산단 말인가. 이런 일이 벌어지는 바람에 당신은 부득이 갈색 설탕을 사먹을 수밖에 없고 맛과 향을 다 잃어버린 찻잎에다 물을 부어 마실 수밖에 없게 되었다. 이 두 가지 악습 어느 것에 대해서도 완벽한 대비책을 생각해낼 수는 없다.

첫 번째 악습의 경우, 공익을 위하여 가정의 모든 하인들이 일치단결하여 대문에서부터 도자기 그릇 장수들을 내쫓아야 한다고 생각한다. 그리고 후자의 경우는 여벌 열쇠를 몰래 구해서 궁지에서 벗어나는 것 외에는 다른 방법이 없다. 그러나 이런 일은 성공하기 어렵고 또 위험하기까지 한 일이다. 하지만 그런 여벌 열쇠를 장만하는 일이 정당한 것인가에 대해 따져 보자. 마님께서 오래 전부터 있어 왔던 당신의 합법적인 부수입을 단절시켜 너무나도 정당한 도발 동기를 부여한 것이기 때문에 나는 그 정당성을 전혀 의심치 않는다. 차 상점 여주인이 가끔 당신에게 반 온스 가량의 차를 줄지 모르지만, 그건 단지 바닷물에 물 한 방울 떨어뜨린 격으로 미량에 불과한 양이다. 따라서 나는 다른 몸종들처럼 당신이 부득이하게 외상 거래에 내몰려 그 외상값을 급료에서 감당할 수 있는 한 갚아나가야 하는 게 아닌가 걱정된다. 하지만 이렇게 공백이 생긴 급료는 마님이 훌륭하신 분이고, 또 그 따님들이 재산이 많은 분들이시라면, 여러 가지 방법들로 쉽게 메울 수 있을 것이다.

*

지체 높으신 댁 마님을 모시며 일을 하는 경우에는, 비록 당신이 마님보다 미모가 떨어진다 하더라고 주인님께서 당신을 좋아하시는 일이 생길 수 있다. 이 경우 주인님으로부터 많은 것을 얻어내도록 최선을 다해 신경 써라. 그가 금화 1기니를 주지 않으면 최소한의 무례한 행동, 예컨대 손을 잡는 일조차 허락하지 마라. 그리고 주인이 매번 새로운 시도를 할 때마다 단계별로 돈을 지불하게 하라. 또한 매번 당신이 허용하는 정도에 비례하여 돈을 두 배씩 요구하라. 그리고 비록 돈을 받았더라도 늘 앙탈을 부리고 소리를 지르거나 마님께 이르겠다고 위협하라. 젖가슴 한 번 만지는 데 금화 5기니는 너무 싼값이다. 물론 이때도 온 힘을 다해 저항하는 듯 행동하라. 하지만 금화 1백 기니를 준다고 해도, 또 평생 동안 일 년에 20파운드씩 연금을 준다고 해도 절대로 마지막 선을 허용해선 안 된다.

*

 그런 가정에서 만약 당신이 예쁜 축에 속한다면, 당신은 세 가지 유형의 애인을 선택할 수 있다. 가족 목사, 재산관리 집사, 정복 착용 하인이다. 나는 그 중에서 먼저 재산관리 집사를 선택하라고 권하겠다. 그러나 혹시 당신이 주인님의 애라도 밴 젊은 아가씨라면 반드시 가족 목사와 사귀어야 한다. 이 세 유형의 애인 중에서 나는 정복 착용 하인이 가장 맘에 들지 않는다. 하인 복장을 벗어 던지는 순간 이 자는 대개 허영에 빠져버리거나 건방져진다. 이 자는 혹 군대에 들어가 기수병 노릇을 하거나 승선 세관관리가 될 수도 있지만, 이런 일자리에서 쫓겨나면 노상강도가 되는 것 외에 별다른 대책이 없는 인간이다.

*

 나는 특히 주인님의 큰아들을 조심하라고 경고하겠다. 당신이 아주 영리하다면 그를 꼬드겨서 결혼도 하고 귀부인이 될 가능성도 있긴 하다. 그러나 그가 흔해 빠진 난봉꾼이라거나 바보 멍청이라면(분명히 이 둘 중 하나일 거다), 특히 전자라면, 마치 악마라도 되는 양 그를 피하라.

왜냐하면 그는 주인님께서 마님을 두려워하는 것과 달리 자기 어머니를 전혀 두려워하지 않기 때문이다. 수만 번 약속을 했다 할지라도 그 자로부터 당신이 얻어낼 수 있는 것은 부풀어 오른 배나 두들겨 맞는 일, 이 두 가지 외엔 땡전 한 푼 없을 것이다.

*

마님께서 편찮으셔서 몹시 괴로운 밤을 지내시고 아침이 되어서야 잠시 눈을 붙이셨는데 정복 하인이 마님의 상태를 묻는 심부름을 왔다면, 그 안부 인사를 전하기 위해 마님을 조용히 흔들어 깨워라. 그런 다음 그 인사를 전하고 답을 받아낸 후 다시 잠드시게 하라.

*

운이 좋아서 막대한 재산을 지닌 어린 아가씨를 모시게 되었는데, 그녀의 짝을 찾아준 대가로 5백 내지 6백 파운드의 거금을 사례금으로 얻어내지 못한다면 당신은 분명 형편없는 몸종일 것이다. 아가씨에게 다음과 같은 사실들을 자주 상기시켜라. "아가씨께서는 어떤 남자라도 행복하게 만드실 수 있는 대단한 부자이십니다. 사랑 이외에 진정한 행복이란 없답니다. 아가씨께서는 부모님의 지시가 아니라 아가씨가 원하시는 어느 곳에서라도 배우자를 선택할 자유를 가지셨습니다. 부모님들이란 순수한 사랑은 전혀 인정해주시지 않는 분들이지요. 런던에 가면 아가씨 발치에 엎드려 기꺼이 목숨을 바치겠다고 하는, 잘생기고, 멋지고, 다정한 젊은 신사 분들이 지천에 깔렸답니다. 사랑하는 두 연인 사이의 교제야말로 지상 천국이랍니다. 죽음과 마찬가지로 사랑도 모든 조건을 뛰어넘어 평등합니다. 신분이나 재산상 아가씨보다 못한 청년에게 눈길을 주시더라도, 아가씨가 그와 결혼만 해주신다면 그는 신사가 될 수 있습니다. 아가씨께서는 어제 세상에서 제일 잘생긴 미남 기수병을 펠 맬 가에서 보셨습니다. 아가씨께 4만 파운드의 재산이 있다면 당연히 그 재산은 그 남자를 위하여 사용돼야 합니다."

*

 당신이 어떤 아가씨를 모시고 살고 있으며, 그 아가씨가 당신을 얼마나 총애하고 당신의 조언을 얼마나 잘 들으시는지 모든 사람이 알게 신경을 써서 광고하라. 멋쟁이 신사들이 곧 당신을 알아보고 당신의 소맷자락이나 가슴 안쪽에 슬쩍 편지를 집어넣으려고 난리법석을 피울 것이다. 그러면 화를 벌컥 내며 그 편지를 꺼내 땅바닥에 집어던져라. 단 그 편지와 함께 적어도 금화 2기니가 들어 있는 경우는 예외다. 그러나 그런 경우라 할지라도 그 돈을 못 본 체하고 그저 그가 당신에게 장난을 치는 걸로 생각하는 척하라.

집에 돌아와서는 자연스럽게 그 편지를 아가씨 침실에 떨어뜨려라. 아가씨께서 그걸 발견하시고 화를 내시면 모르는 일이라 우기고, 그저 공원에서 웬 신사가 당신에게 입을 맞추려고 애썼다는 것만 기억난다고 하라. 그리고 당신 생각으론 바로 그분이 당신 옷 소맷자락이나 속치마 안에 그 편지를 넣은 것 같은데, 정말이지 그 신사는 당신이 지금까지 본 남자 중에서 가장 멋진 미남이었다고 말하라. 그리고 아가씨께서 원하신다면 편지를 태워버리라고 하라. 만약 아가씨가 똑똑하다면 당신 앞에서 다른 종이를 태울 것이고, 당신이 나간 다음 그 편지를 몰래 읽으실 것이다. 아무런 탈도 생기지 않고 안전하게 전할 수만 있다면 당신은 이처럼 편지 전해드리는 일을 최대한 자주 해야 한다. 그러나 편지를 전해드릴 때 가장 많은 돈을 주시는 신사는 가급적이면 가장 잘 생긴 미남 신사여야 한다. 혹시 정복 착용 하인 녀석이 아가씨에게 보내온 그런 편지를 주제넘게 갖고 왔다면, 비록 그 편지가 당신의 최고 고객이 보내온 편지라 할지라도 그 하인 녀석 머리 위로 던져 버려라. 그리고 녀석에게 뻔뻔스런 놈, 못돼 처먹은 놈이라 욕하고, 그의 면전에서 문을 쾅 닫아버린 다음, 바로 아가씨에게로 달려가 당신이 얼마나 충성을 다 바치는지에 대한 증거로 방금 한 일을 말씀드려라.

이 주제에 대해서는 훨씬 더 많은 내용을 확대할 수도 있지만 당신의 신중한 분별력에 맡기겠다.

*

다소 바람기가 있는 마님을 모시고 있다면 마님의 그런 행각을 관리하는 일이 얼마나 많은 신중함을 요하는지 알 것이다. 이런 일에는 세 가지 사항이 반드시 필요하다. 첫째, 마님을 어떻게 기쁘게 해드리는가, 둘째 주인님이나 다른 가족들의 의심을 어떻게 예방하는가, 마지막, 그러나 가장 중요한 것으로 어떻게 하면 이 일을 당신에게 가장 큰 이익이 되는 일로 만드는가 등이다. 이처럼 중요한 일을 하는 데 필요한 충분한 지침들을 당신에게 다 제시한다는 것은 많은 페이지를 요하는 일일 것이다.

가정 내에서의 밀회는 모두 다 마님에게나 당신에게나 위험하다. 따라서 가능하다면 연인들을 제3의 장소에서 만나게 하라. 특히 백 퍼센트 그러시겠지만, 마님께서 한 명 이상의 애인을 두고 계시고 또 그 각각의 애인들이 본남편인 주인님 천 명보다도 더 많은 질투심을 가진 자들이라면, 당신이 아무리 일을 잘 관리한다 하더라도 아주 불행한 조우가 일어날 수 있다. 당신의 훌륭한 일솜씨는 가장 후하게 팁을 지불하는 남자를 위해 발휘하라는 조언까지 내가 구태여 당신에게 할 필요는 없을 것이다.

*

마님께서 우연히 잘 생긴 정복 착용 하인 놈에게 눈길을 준다면, 그녀의 기분을 감안하여 이런 일은 충분히 너그럽게 넘어가라. 이런 일은 전혀 이상한 일이 아니며, 그저 자연스러운 욕망의 발로일 뿐이다. 그리고 가정 내에서 일어나는 모든 밀통 행위 중에서 가장 안전하며, 옛날에는 전혀 의식되지 않는 일이었다. 그런데 최근 들어 이런 밀통 행위가 너무 빈번하게 이뤄지고 있다는 게 문제다. 이런 일의 큰 위험은 이런 하인 녀석들이 종종 불량품들과 관계를 하다 건강에 문제를 일으켜 온다는 것이다. 이렇게 되면, 비록 절망적인 상황까진 안 가더라도, 마님과 당신 모두 큰 곤욕을 치를 수 있다.

그러나 진실을 고백하자면, 나 같은 사람이 당신 마님의 연애에 대해 이러쿵저러쿵 조언하겠다고 나선 것이 너무 주제넘은 일이라는 건 인정한다. 사실 이런 방면에 대해서는 당신과 같은 몸종들이야말로 선수들이고 심오한 지식을 지니고 있지 않은가. 물론 이런 일이 생겼을 때 정복을 착용한 내 동료들이 주인님께 드리는 조언보다, 당신들이 마님께 드리는 조언이 더 실천하기가 어렵기는 하다. 어쨌든 나는 이 문제를 좀더 능력 있는 작가 선생들에게 맡기겠다.

*

여성용 실크 가운이나 레이스 달린 머리장식을 트렁크

나 함에 넣고 잠글 때는, 그 중 일부 조각이 밖으로 삐져 나오게 하라. 그래야 다시 트렁크를 열 때 그게 어디 있는지 알 수 있다.

청소 담당 하녀

 주인님 내외분께서 일주일, 혹은 그 이상의 기간 동안 시골에 다녀오신다면 그분들께서 돌아오시리라 예상되는 시간의 한 시간 전까지는 침실이나 식당을 절대로 청소하지 마라. 그래야 방들이 완벽하게 깨끗이 청소된 상태에서 그분들을 맞이할 수 있고, 곧바로 다시 청소해야 하는 수고를 덜 수 있다.

 너무나도 오만하고 게을러터져서 용변을 보러 정원 마당까지 나가는 수고를 하지 않고, 어두컴컴한 옷 방 방구석에다 밉살스런 침실용 변기를 갖다 두고 배설하는 마님들만 보면 나는 무척 화가 난다. 그런 변기는 침실뿐만 아니라 마님의 옷가지들까지 불쾌하게 만들며 다가가는 모든 사람들도 불쾌하게 만든다. 그런데 그런 지저분한 변기를 치워야하는 사람이 바로 당신 같은 청소 담당 하녀다. 마님의 그런 밉살스런 습관을 고쳐드리기 위해, 변기 치우는 임무를 맡은 당신에게 비결 하나를 가르쳐 주겠다. 하인들이 다 보도록 마님의 변기를 공개적으로 들고 아래층으로 내려가라는 것이다. 그리고 마침 누군가 방문을 하여 대문에서 노크를 하면 그 변기를 든 채 당신이 문을 열어 주어라. 그러면 마님께서 집안의 모든 남자 하인들에게 자신의 배설물을 보여주게 되는 셈이니, 다음부터는 그런 창피를 당하시기보다는 수고스럽더라도 적절한 장소까지 밖으로 나가 용변을 보시려고 하실 것이다.

*

걸레자루가 들어있는 더러운 물통, 석탄 박스, 술병, 빗자루, 침실용 변기, 기타 눈에 거슬리는 물건들은 눈에 띄지 않도록 막다른 문이나 계단 뒤쪽 어두컴컴한 곳에 치워 놓아라. 혹시 누군가 그런 것들을 잘못 밟아서 정강이라도 깨진다면 그건 그들 책임이다.

침실용 변기는 가득 찰 때가지 절대로 비우지 마라. 혹시 오밤중에 다 차는 일이 발생한다면 그냥 길거리에다 비워 버리고, 아침에 다 찬다면 정원에 내다 버려라. 다락방이나 위층 방에서 집 뒤뜰까지 하루에도 십여 차례를 오르락내리락 한다는 것은 끝도 없는 일이기 때문이다. 변기는 그 안에 들어있는 오물로만 세척하고 다른 어떤 오물로도 세척하지 마라. 깔끔한 소녀가 어찌 다른 사람들의 오물이 손에 튀는 일을 견딜 수 있단 말인가. 그리고 앞서 말한 대로, 소변 지린내는 십중팔구 마님께서 걸려 있는 우울증 치료에 탁월한 효과가 있다.

*

  거미줄은 물에 적신 더러운 빗자루로 털어내라. 거미줄이 빗자루에 훨씬 더 잘 들러붙으며 청소도 더욱 효과적으로 잘 될 것이다.

*

  아침에 응접실 난로를 청소 할 때는 전날 밤 쌓인 석탄재들을 채에 넣어 운반하라. 그러면 나르는 동안 채에 걸러진 석탄재 가루들이 방이나 계단에 떨어져 모래 대용으로 쓰일 것이다.

*

응접실 난로의 놋쇠 부분과 철제 부분을 문질러 닦은 다음에는, 닦느라고 더러워진 걸레를 옆 의자에 걸쳐 놓아라. 그래야 마님께서 당신이 일을 게을리 하지 않았다는 걸 아신다. 놋쇠 자물쇠를 닦을 때도 같은 원칙을 지켜라. 다만 이때는 문에 손가락 자국을 남겨 놓으라는 점을 추가하겠다. 당신이 이 일을 잊지 않았다는 걸 보여주기 위해.

*

환기를 시키기 위해 마님의 침실용 변기는 하루 종일 침실 창문가에 놔 두어라.

*

식당과 마님의 침실에는 커다란 석탄 덩어리들만 갖다 놓아라. 최상의 불을 피울 것이다. 석탄 덩어리들이 지나치게 크다 싶으면 대리석 난로에 대고 치면 쉽게 깨진다.

*

잠자리에 들 땐 반드시 불조심을 하라. 따라서 입김을

불어 촛불을 끈 후 그 심지를 침대 밑에 쑤셔 넣어라. (참고: 심지 꺼지는 냄새도 우울증에 아주 좋다.)

*

 당신에게 아이를 배게 한 하인 녀석이 있다면, 임신 6개월이 되기 전에 설득하여 결혼해라. 마님께서 왜 그런 한 푼의 가치도 없는 하찮은 녀석과 결혼을 하냐고 물으신다면, 하인 노릇이란 상속되는 게 아니라고 대답하라.

*

 마님 잠자리를 마련한 뒤, 침실용 변기는 침대 밑에 갖다 놓아라. 그러나 변기와 함께 침대 밑 가리개 천도 함께 침대 밑 안쪽으로 밀어 넣어라. 이렇게 하면 변기가 쉽게 잘 보이며, 마님께서 쓰실 일이 있을 때 쉽게 이용할 수 있다.

*

 고양이나 개를 방이나 벽장에 넣고 문을 잠가 버려라. 그러면 그 울음소리가 온 집안에 울려 퍼질 것이고, 혹 도둑이 침입해 들어오다가 그 소리에 겁을 집어먹고 도망칠 것이다.

*

  길거리에 접해 있는 방들을 밤중에 청소할 때에는 그 오수 물을 길거리에 접한 문 밖에다 버려라. 그러나 반드시 앞을 바라보고 버리지는 마라. 혹시 그 물벼락을 뒤집어쓸지 모르는 행인들이 당신을 무례하다고 생각할 수도 있고 당신이 일부러 그랬다고 오해할 수도 있기 때문이다. 만약 봉변을 당한 사람이 그 보복으로 창문을 깨서, 그 때문에 주인님께서 당신을 혼내시고 물통을 아래로 들고 내려가 하수구에 버리라고 단호하게 명령하신다면 손쉬운 대비책이 있다. 위층 방을 청소 할 때 물통을 아래층 부엌까지 들고 내려오는 동안 계단에 물을 질질 흘리라는 것이다. 이렇게 하면 물통도 가벼워질 뿐만 아니라 마님께 물을 창문 밖으로 버리거나 문 앞 계단에다 버리는 게 더 낫다는 사실을 확인시켜주게 된다. 게다가 얼어붙을 듯 추운 겨울밤에 물을 대문 계단 앞에 버리면 그 물이 얼어붙어 지나가던 많은 행인들이 넘어지고, 코가 깨지고, 뒤로 나자빠지고 할 것이다. 이것은 당신이나 식구들에게 얼마나 재미있는 구경거리이겠는가.

*

 대리석 벽난로나 벽난로 장식들은 기름에 적신 헝겊으로 닦고 광을 내라. 이보다 더 광을 잘나게 할 순 없을 것이다. 속옷이 안 비치게 조심해야 하는 것은 숙녀 분들이 알아서 할 일이다.

*

 마님께서 방을 문질러 닦으라고 시키실 때 잘 부서지는 사암이나 석회암 같은 걸로 닦으라고 하실 정도로 까다로우신 분이라면, 반드시 벽 널판 바닥 6인치 깊이까지 파이게 사암이나 석회암 자국을 남겨라. 그래야 마님께서 당신이 지시사항을 잘 이행했다고 생각하실 것이다.

버터 제조 담당 하녀

 버터 만드는 일은 피곤한 일이다. 여름에도 부엌의 불가 옆에서 교유 통(버터제조 통)에 펄펄 끓는 물을 부어야 하며, 일주일쯤 묵은 크림을 가지고 죽어라 휘저으며 버터를 만들어야 한다. 애인을 위해 크림을 남겨 둬라.

보모에게

 아이가 아프면 특별히 의사가 먹이지 말라고 금지했다 하더라도 뭐든 아이가 먹고 마시고 싶어 하는 것을 주어라. 아플 때 우리가 먹거나 마시고 싶은 음식이야말로 우리에게 이로운 것이다. 그리고 약은 창문 밖으로 던져 버려라. 아이가 당신을 한층 더 좋아할 것이다. 하지만 이 사실을 이르지 못하게 하라. 마님께서 편찮으실 때에도 뭔가를 드시고 싶어 하신다면 똑같이 하라. 그리고 그게 몸에 유익할 거라고 장담하라.

*

 마님께서 아이 방에 오셔서 아이를 때리려고 하신다면,

화를 내며 마님 손에서 회초리를 빼앗아라. 그리고 당신이 본 엄마들 중에서 마님이 가장 무정한 엄마라고 말씀드려라. 그러면 마님께서 당신을 혼내시긴 하겠지만 속으로는 당신을 더 좋아하실 것이다. 아이들이 칭얼거리거나 귀찮게 할 땐 귀신 이야기를 해주어라.

*

아이들은 반드시 이유(離乳)를 시켜라.

유모

 혹시 아기를 바닥에 떨어뜨려 다리를 절게 하더라도 절대 이 사실을 고백하지 마라. 그리고 만약 아기가 죽는다면 모든 게 안심이다.

*

 젖을 먹이고 있는 동안, 가능한 한 빨리 다시 임신을 하기 위해 노력하라. 그래야 지금 젖을 먹이고 있는 아기가 죽거나 이유기를 지난다 해도 다른 일자리를 알아볼 수 있는 준비가 된다.

세탁부

 리넨 옷감의 옷을 다리미질 하다가 일부분을 태워먹었다면, 그곳에 밀가루나 백묵가루, 혹은 하얀색 가루분을 문질러라. 그 어느 것도 효과가 없다면 아주 오랫동안 빨아라. 태워먹은 자국이 없어지든지 옷이 누더기가 되든지 둘 중 하나일 것이다.

*

 빨래하다 리넨 옷이 찢어졌을 경우에는…….
 리넨 옷이 빨랫줄이나 울타리 위에 집게로 고정되어 걸려 있는데 갑자기 비가 온다면 옷이 찢기든 어찌 되든 무조건 후다닥 빨래들을 잡아채라. 옷을 그냥 걸쳐놓고 말리는 경우에는 어린 과실나무 위, 특히 꽃이 활짝 피었을 때의 그곳이 좋다. 리넨 옷이 찢어질 리도 없고 나무의 좋은 향기가 옷에 배게 될 것이다.

하녀장

 늘 의지할 수 있는, 총애하는 정복 착용 하인 한 명쯤은 반드시 두어라. 그리고 두 번째 코스 요리가 끝나고 상을 치울 때 주의 깊게 남은 음식들을 살피고 있다가 아무 탈 없이 그걸 당신 방으로 가지고 오게 시켜라. 그리고 재산 관리 집사와 함께 사이좋게 그걸 먹으며 즐겨라.

여자 가정교사

 아이들의 눈이 아프다거나, 아가씨께서 책을 좋아하지 않는다거나 하는 핑계거리들을 준비해 놓아라.

*

 아가씨들의 심성을 부드럽게 만들거나, 다정다감하게 만들거나, 기타 그 비슷하게 만들기 위해서는 프랑스나 영국 소설, 프랑스의 로망스 작품, 그리고 찰스 2세나 윌리엄 왕 시절에 발표된 풍습희극들을 읽게 만들어라.

작품 해설 / 류경희

작가소개

스위프트는 1667년 11월 30일 아일랜드의 더블린에서 태어났다. 그의 부모는 왕정복고 이후 성공을 위해 아일랜드로 온 영국인이었다. 젊은 변호사였던 아버지는 스위프트가 아직 태어나기도 전인 27세의 젊은 나이에 요절했다. 그런 까닭에 그는 어린 시절부터 매우 가난하게 살았다.

이후 그는 삼촌의 후원으로 아일랜드에서 교육을 시작할 수 있었지만 어머니는 그녀의 고향이었던 영국 레스터로 돌아가 버리고 말았다. 여섯 살 어린 나이에 처음 입학했던 킬케니 학교 시절부터 1686년 2월 더블린 트리니티 칼리지를 졸업한 스물두 살 때까지 그는 교육을 위해 많은 친척들의 신세를 져야만 했다. 후에 스위프트는 이 시절을 쓰디쓴 심정으로 회고하며 "개 같이 교육받던 시절"이라고 회고한 바 있다.

그 후 1689년까지 석사 학위를 마치기 위해 트리니티 칼리지에 계속 더 머무른 후, 아일랜드에 소요사태가 일어나자 그는 영국으로 건너왔다. 그리고 운 좋게도 서리 주 무어 파크에 있던, 그와 먼 친척뻘이었던 휘그당 실력자 외교관 윌리엄 템플 경 댁에서 경의 비서관 자리를 얻게 되었다. 이곳에서의 생활이 그의 이후 인생에 지대한 영향을 미치게 된다.

하지만 첫 해에 템플 경은 스위프트를 냉담하고 차갑게 대했다. 게다가 현기증을 동반한 귓병까지 생겨 그는 한 해만에 다시 아일랜드로 귀향해야만 했다. 그러나 1691년 그는 다시 무어 파크로 되돌아왔다. 다시 만난 템플 경은 예전보다 더욱 따스하게 그를 맞아주었으며, 이 저택의 방대한 서가에서 고금의 지식을 섭렵하며 그는 지식인과 작가로서의 대단한 발전을 이뤄나갔다. 틈틈이 본격적인 창작에 손을 대기 시작한 것도 이 무렵이다.

1694년 템플 경과의 불화가 생겨 다시 아일랜드로 돌아온 스위프트는 영국 국교회 사제가 되기로 결심하고 국교회 사제직을 제수 받게 되며, 1695년에는 벨파스트 근처의 교구를 책임지게 된다.

이 무렵 제인 웨어링이란 여자와의 혼담이 오갔지만 여자 측의 반대로 깨지고 이후 그는 결코 결혼을 하지 않으리라 결심했다고 한다.

그는 다시 무어 파크로 돌아와 이번에는 1699년 템플 경이 사망할 때까지 머물렀다. 템플 경이 죽고 나자 그는 "친구와 생계를 모두 잃은 막막한" 처지가 되었다고 쓴 바 있다. 무어 파크에서의 이 마지막 체류 기간 동안 템플의 누이였던 기파드 귀부인의 하녀의 딸, 헤스터 존슨(이후 그의 글에 스텔라라는 이름으로 등장한다)이 그에 대해 애정을 갖게 되었다. 자신보다 훨씬 어렸던 스텔라에 대한 스위프트의 사랑이 비록 플라토닉한 것이긴 했지만, 그는 죽을 때까지 그를 사랑하던 그녀를 평생 곁에 두며 살았다. 스위프트는 평생을 독신으로 산 것으로 알려져 있지만, 이 두 사람 사이의 결혼 여부는 사실 수수께끼로 남아 있다.

이 무렵 그는 영국의 종교계와 학계의 부패와 타락을 신랄하게 비판하는 내용과 또한 당시 치열하게 전개되고 있던 고전-현대 학문 우열논쟁을 다룬 「통 이야기」와 「책들의 전쟁」같은 초기작들을 집필하기도 했다.

1699년 템플 경 사망후, 경이 죽기 전에 약속했던 보조금이 교회로부터 지급되지 않자 그는 어쩔 수 없이 아일랜드 총독의 가정 목사직을 맡았으며, 다음 해에는 더블린의 성 패트릭 성당 사제직을 임명받았다. 물론 그는 그보다 훨씬 더 높은 교회 고위직으로 승진할 수 있다는 희망을 갖고 있었으며, 이를 위해 앞으로 수도 없이 영국을 드나들며 토리당을 비롯한 정계 실력자들과 교유를 맺는 일에 열중하게 된다. 그 와중에 그는 틈틈이 「기독표 철폐 반대론」과 같이 당시의 복잡한 정치, 종교 상황을 풍자하고 논박하는 많은 논쟁적 팸플릿과 작품들을 발표했다. 1704년에는 이미 5년 전에 집필해 놓았던 「통 이야기」가 런던에서 익명으로 출판되어 런던의 지식인 사회와 문학계에 큰 반향을 일으키며 인정을 받게 된다.

  1707년 다시 아일랜드로 돌아와 일시 정착한 그는 영국 국교회에 앤 여왕이 하사한 바 있는 감세 조치를 아일랜드 국교회에도 하사해 달라고 청원하는 아일랜드 대표로 뽑혔다. 이후 그는 이런 목적을 위해 무수히 영국을 드나들며 정계 실력자들을 만났다. 하지만 그가 쓰던 글들, 특히 템플 경의 「비망록」 발간이 원인이 되어 앤 여왕의 노여움을 사게 됨으로써 그의 이런 노력은 물거품이 되고 말았다. 뿐만 아니라 영국 본토 국교회 교구를 맡고자 했던 그의 희망도 좌절되고 말았다.

  1709년 다시 아일랜드로 돌아온 스위프트는 이듬해인 1710년 여왕의 감세 조치를 얻어내기 위해 다시 한 번 아일랜드 교회 특사로 런던에 보내졌다. 특히 이번 방문의 계기는 휘그당 내각의 몰락과 토리당 내각의 집권이었다.

  이때부터 앤 여왕이 서거하고 토리당이 몰락하게 되기까지의 4년 간이란 기간은 그의 생애에서 가장 치열했던 시기였다. 그 시절에 대한 기록은 매력적인 「스텔라에게 보내는 편지」에 상세히 기록되어 있다. 스위프트는 이 당시 새로운 토리당 기관지였던 「이그재미너」지의 책임을 맡을 정도로 토리당의 이익을 대변하기 위해 애를 썼으며 총리 대신이었던 할리나 또 다른 토리당 실력자 볼링브로우크와의 교유에도 힘썼다. 하지만 이 모든 노력들이 1714년, 앤 여왕 서거와 토리당의 몰락으로 또 다시 좌절되고 말았다. 물론 영국 본토 내에서의 국교회 입지 확보 및 고위직 승진이라는 그의 꿈도 완전히 깨져버리고 만 것이다. 그는 더블린의 성 패트릭 성당 사제장 직에 만족하며 다시 아일랜드로 돌아올 수밖에 없었다. 이후 휘그당 장기 집권이 시작되면서 그에게 다시는 영국 진출의 기회가 주어지지 않았다. 결국 그는 이때부터 영원히 영국의 정치계와는 결별하게 된다.

이후 큰 변화 없이 더블린에 영주하며 성 패트릭 성당 사제장 직을 맡으며 조용히 살아가던 스위프트는, 이때부터 본국인 영국의 식민지 침탈로 참혹하게 고통 받고 있던 모국 아일랜드의 참상에 눈을 뜨기 시작했으며 그에 관한 일련의 저술들을 집필하기 시작했다. 1720년 국왕인 조지 1세와 총리대신 월폴에 반기를 들며 처음 이 주제로 집필한 글이 「아일랜드 제조업의 이용에 관한 제안」이란 글이었다. 이 글을 통해 그는 영국의 착취로 경제적 자립의 힘을 잃어가던 아일랜드 경제를 수호하는 대표자로서 또한 "아일랜드 독립의 아버지"로서 자리매김 된다. 그러나 이 첫 글에 대한 반향은 그리 크지 않았다.

1724년 영국 출신 윌리엄 우드란 자에게 당국에서 사기 주화 제조권을 주려는 사건이 일어나자 그는 이 일을 계기로 하여 다시 한 번 영국의 식민지 침탈을 고발하고 아일랜드 인들의 자각을 촉구하는 일련의 팸플릿들을 발간하게 된다. 드래피어라는 가공의 화자를 등장시킨 「드래피어의 편지」라는 이 여섯 편의 편지들은 영국의 아일랜드 지배권에 대한 공공연한 도전이었다. 아일랜드 의회에게는 아일랜드의 모든 국민들에 대한 도덕적 리더십을 확립하라고 촉구하고, 아일랜드 인들에게는 영국의 식민지 침탈에 맞서 분연히 일어나라고 촉구했던 이 편지들로 인해 결국 우드의 주화 제조권은 취소되었다. 1728년에는 아일랜드 식민지 침탈에 관한 항의 주제의 결정판으로 「겸손한 제안」이란 글을 쓰기도 했다. 영국의 가혹한 식민지배 착취의 결과로 아일랜드 아이들이 어른이 되어 헐벗고 굶주린 거지로 살아가게 하느니, 차라리 한 살이 되었을 때 식용 고기로나 쓰이게 하자는 내용을 담고 있는 이 작품은 영문학 사상 최대의 냉소적 아이러니를 담고 있다고 평가되고 있다.

1726년에서 27년에 걸쳐 스텔라의 병이 중해지자 그걸 목격할 자신이 없었던 스위프트는 이 기간 동안 런던에 다시 장기 체류하게 된다. 이 기간 중 불후의 대표작「걸리버 여행기」가 런던에서 출간되었다. 이 작품 속에는 그가 평생 경험하고, 느끼고, 생각했던 인간 사회의 정치적, 종교적, 학문적, 도덕적 제 양상들에 대한 관찰과 인간 본성에 대한 심오한 통찰이 그 특유의 신랄한 풍자적 어조로 다양하게 전개되고 있다. 이 무렵 그는 조지 1세가 죽음을 맞이하자 휘그당 총리대신 월폴의 실각을 기대하며 평생의 소망인 영국 교구 확보에 대한 마지막 희망을 품기도 했었다. 그러나 이번 역시 좌절되자 다시 아일랜드로 돌아왔다. 1728년 스텔라가 죽자 그의 인생도 종착역을 향해 나아가기 시작했다. 1730년대에서 1740년대에 걸친 말년 시절, 그는 젊은 시절부터 앓아 왔던 "메니에르 신드롬"이란 질병이 악화되어 정신이 온전치 못하게 쇠약해져 갔으며, 1742년에는 금치산자 선고를 받기까지 했다. 죽는 날까지 자신의 처지와 상황에 분노하고 좌절했지만 강철 같은 의지의 소유자이기도 했던 그는 78세의 나이로 1745년 10월 19일 세상을 떠났다. 그리고 다음과 같은 라틴어 묘비명과 함께 성 패트릭 성당 묘지 스텔라 곁에 묻혔다.

"여기 이곳 성당 사제장이었던 신학박사 스위프트의 시신이 묻혀 있도다.
이제 더 이상 맹렬한 분노가 그의 가슴을 찢지 못하리라.
지나가는 나그네여,
인간의 자유 수호를 위해 최선을 다하며 분투했던 그를 모방할 수 있다면,
그렇게 하라."

작품설명

 이 작품은 스위프트의 만년 시절인 1731년 내지 1732년 경에 시작되어 여러 해에 걸쳐 조금씩 보충되며 집필된 짤막한 토막글 모음이다. 최종적으로 출간된 것은 1745년 그의 사후였다고 한다. 사실 이 작품은 그 이전부터 스위프트가 수십 년에 걸쳐 직접 관찰하고 경험했던 하인들의 행태와 심리에 대한 관찰 보고서로서, 그가 템플 경 댁에 기식하던 20대 후반 무렵부터 직접 스케치하고 노트해 놓았던 기록들이 주된 소재였을 거라고 추정된다. 작품 속의 세세한 내용이, 닥터 존슨이 말한 대로, 단순한 기억이나 회상에 의해서는 결코 되살려질 수 없는 것들이기 때문이다.

 작품의 주된 내용은 당시의 하인들 사이에서 자행되고 있던 온갖 악습, 악행, 우행들을 보여주고, 권장하고, 폭로하자는 것이었다. 그리고 그 이면의 주된 의도는 하인들이 주인이나 마님들에게 자행하는 온갖 기만행위들과 사기 행위들을 폭로하자는 것이었을 것이다. 그러나 이 작품은 완전히 완결되지 못한 채 8개 장만 제대로 완성되었으며, 나머지 장들은 단순한 메모 형태로 더 많은 내용의 보충이 필요한 채 남겨지게 되었다.

작품의 내용을 이야기하는 화자는 아이로니컬하게도 자신도 한때 정복 착용 하인 일을 한 적이 있는 늙은 퇴역 하인이다. 이 가공의 화자가 후배 하인들에게 자신의 과거 체험에서 우러나온 경험을 토대로 어떻게 하면 주인을 잘 속여먹고 이득을 취하는지, 또 하인 노릇을 편하고 쉽게 하는지 그 비결과 요령들을 가르쳐주고 있다. 이런 과정에서 원작자인 스위프트는 자신이 조종하고 있는 이 가상의 화자(퍼소나)의 입을 빌려 각종 하인들과 그들의 맡은 바 고유 업무를 철저히 파헤치며, 실제로는 이들 하인들이 갖고 있는 온갖 나쁜 습관들과 버릇들, 이기심, 교활함, 게으름 등을 신랄하게 폭로하고 공격하고 있는 것이다. 그리고 그 과정에서 공감하는 독자들의 미소를 자아내는 것이다.

이런 과정을 통하여 18세기 초반 당시 영국의(특히 런던 같은 대도시의) 생활상이 상세하고 세밀하게 보여지고 있는 것도 이 작품이 지닌 또 하나의 묘미다. 작품 속에서 드러나고 있는 내용을 통해 볼 때 당시의 런던은 지금의 우리로서는 상상할 수도 없을 정도로 불편하고, 더럽고, 비위생적이던 생활환경이었다. 부엌에선 석탄불을 이용하여 요리를 했고, 전기가 없어 양초를 켜고 살아야 했으며, 운송수단이라고는 마차나 말밖에 없었고, 통신수단 이래야 심부름꾼 하인이 유일했던 시절이었다. 또 길은 늘 진창길이기 일쑤여서 부인네들이 속옷을 걷고 다닐 정도였고, 오물이나 대소변 처리시설이 제대로 되어있지 않아 그냥 정원에 나가 싸거나, 침실 변기에 싼 뒤 창문 밖으로 내버리곤 했다. 이 작품 속에는 이런 모든 생활상들이 아주 세세하게 묘사되어 있다.

언뜻 보기에 하찮아 보이는 이런 하인들의 세계를 스위프트가 다루기로 마음먹었던 이유는 무엇일까? 여러 가지 설명이 가능할 것이다.

우선 가장 먼저 그의 개인적 성장 환경과 생애 이력을 그 이유로 들 수 있을 것이다. 작가 소개에서 살펴보았듯이 스위프트는 유복자로 태어나 삼촌과 기타 친척들의 후원으로 교육을 마쳤으며, 젊은 시절 대부분을 휘그당 유력자 윌리엄 템플 경 대저택에서 개인비서를 하며(즉 기식하다시피 하며) 지냈던 사람이었다. 특히 그 저택에서 그가 맡았던 임무는 말이 비서지 사실은 템플 경에게 "큰 소리로 책을 읽어주고 집안의 회계를 담당하던 것"이었다고 한다. 사실상 집사 역할이었던 것이다. 스위프트를 별로 좋아하지 않았던 템플의 조카가 후에 "그는 가족과 함께 식탁에 앉는 일도 허락되지 않았다"고 주장할 정도로 이 저택에서의 그의 입지와 지위는 매우 불안하고 상처받기 쉬운 것이었다. 사실상 그 댁에서의 그가 느꼈던 감정은 집안의 다른 하인들과 별로 다를 바가 없었던 것이다.

이후 이어지는 스위프트의 생애 이력은 평생에 걸쳐 영국 본토 국교회 내에서의 승진에 대한 열망을 실현하기 위한 노력으로 점철된 것이었다. 그는 이를 위해 할리나 볼링브로우크 같은 정계 실력자들과의 교유에 힘썼다. 게다가 아일랜드 국교회 대표 자격으로서 앤 여왕으로부터 세금 감면을 얻어내기 위해 영국 왕실 주변을 배회하는 일들도 그로서는 굴욕적인 일이 아닐 수 없었다. 궁정 주변부를 맴돌았던 불안정한 지위와 이런 의존적 삶에서 생기는 긴장감과 환멸감 속의 인생 여정 속에서, 주인들에게 보복하길 좋아하고 주인들을 기만하고 싶어 하던 하인들의 심리를 꿰뚫어볼 수 있었던 것은 스위프트로서는 어쩌면 자연스러운 일이었는지도 모른다.

하인들의 삶에 대한 스위프트의 관심과 지식은 위에서 말한 개인적인 전기적 배경 외에도 실제 하인들과의 접촉 경험에 기인한 것이기도 했다. 평생 동안 아일랜드와 런던을 수없이 오가면서 많은 나날을 노상에서 보내고 싸구려 여인숙에서 묵을 수밖에 없었던 그는 불가피하게 각종 하인들과의 접촉이 많았다. 또한 독신으로 살았던(물론 스텔라와의 결혼설이 있긴 하지만) 까닭에 역시 개인적으로 고용한 집안 하인들의 접촉도 많을 수밖에 없었다. 사실상 그의 하인들은 "가족"이나 매한가지였으며 그에게 있어서 분노와 즐거움을 동시에 주는 존재들이기도 했다. 특히 더블린으로 완전히 낙향하여 성 패트릭 성당 사제장으로 봉직하게 된 이후 만년까지의 그의 삶은 그의 말대로 "끊임없이 하인들을 해고하고 고용하느라 죽을 지경"의

연속이었다고 한다. 1715년 그는 자신의 생활에 대해 "가구라고는 하나도 없는 집구석에 틀어박혀 살고 있고, 집안 식구들이라고 해봐야 집사, 말구종, 마구간 보조하인, 정복 착용 하인, 늙은 하녀 하나 뿐"이라고 쓰고 있다. 1722년 손더즈라는 하인이 죽었을 때는 이 하인이 "영국에서 나와 가장 친한 친구였으며 가장 훌륭한 하인이었다"고 묘비명까지 직접 세워주었다고 한다.

그러나 그가 주인을 기만하며 속여먹으려는 하인들의 온갖 책략과 방법들을 속속들이 꿰뚫어볼 수 있었고, 또 그들의 못된 습성들을 파악하여 이 작품에서 냉소적으로 폭로할 수 있었던 계기가 된 하인이 바로 「스텔라에게 보내는 편지」에 뻔질나게 등장하는 그 유명한 패트릭이란 하인이었다. 스위프트는 이 하인에 대해 "일주일에 두세 번씩 만취 상태가 되어 돌아오는 못된 놈이며, 분명히 언젠가는 해고시킬 것"이라고 말했을 정도였다. 그는 술로 인한 수전증이 생긴 이 하인에게 면도를 맡기는 일조차 두려워했다. 1711년 크리스마스에는 "앞으로 착한 하인이 된다"는 조건으로 반 크라운 은화를 주었지만 결국은 다시 만취상태로 집에 돌아온 일도 있었다. 또 패트릭은 집안 옷장 열쇠를 잃어버리기 일쑤였고 심지어 집 열쇠를 갖고 사라져버린 적도 있었다. 술에 만취해 돌아온 그를 보고 너무 화가 난 스위프트가 이 하인의 "귓방맹이를 두세 차례 힘껏 가격하여 왼손 엄지손가락을 삔 적도 있었다"고 한다. 그러나 술로 인한 이런 모든 과오들 외에도 패트릭은 하인으로서 반드시 갖춰야 할 최고의 덕목을 훌륭히 갖추고 있었다. 바로 주인을 속이고 기만하는 거짓말 능력이다. 바로 이 같은 실제 하인들과의 접촉을 통해 스위프트는 누구보다도 자세히 하인들의 행동과 심리를 잘 이해하게 되었으며, 그 결과물이 바로 이 작품이라고 할 수 있는 것이다. 앞서 말했듯이 이 작품의 표면적 화자는 은퇴한 늙은 하인으로 설정되어 있지만, 못된 하인들로 인해 오랫동안 고통을 겪어온 주인의 냉소적인 어조가 작품 곳곳에 배어있는 것은 바로 이런 이유에서이다.

 이상과 같은 내용과 배경을 갖고 있는 이 작품의 현대적 의미는 무엇일까? 물론 작품 곳곳에 스며들어 있는 스위프트 특유의 냉소와 아이러니, 유머, 위트가 주는 흥미도 그 한 요소일 것이다. 그러나 무엇보다도 이 작품의 묘미는 스위프트의 여타 작품들에서처럼 인간의 행동과 본질적 본성에 대한 촌철살인 식의 심오한 통찰이 작품 곳곳에서 드러나고 있다는 것이다. 지금은 그 상당수가 사라져버려 존재하지 않으며 현대 하인들의 모습에서는 그 모습을 찾을 길이 없는 18세기 초반의 저급한 하층민 하인들 세계를 다루고 있음에도 불구하고, 작품 속에 등장하는 이들 하인들의 행동 동인들, 즉 자기애, 이기심, 사리사욕, 기만과 같은 본성들은 현대인들의 그것들과 다를 바 없고, 우리에게 성찰의 기회를 주기에 부족함이 없다.

"커튼 못이 빠졌을 때 당신이 만약 정복 착용 하인이라면 절대로 그걸 박지 마라. 주인님께서 커튼업자를 부르시게 하라." 철저한 업무 분담 하에 자기가 맡은 일 외에는 절대로 다른 하인들의 업무 영역을 침범해서는 안 된다는 위와 같은 종류의 내용은, 현대의 노동조합 규약집에 규정되어 있는 이기적 업무 규정과 너무나도 똑같다. "주인님께 고자질하는 하인이 있다면 모든 하인들이 일치단결하여 철저히 파멸시켜버려야 한다"는 내용은 어떤

가. 노조 배반자나 비 노조 가입자에 대한 노조원들의 관행과 닮아있지 않은가. 주인의 돈을 착복하고 소작인들로부터는 임대료 지불을 유예시켜주는 대가로 돈을 뜯는 재산관리 집사의 모습은 어떠한가. 주인님께서 천대하는 손님들을 하인들 역시 철저하게, 오히려 주인보다 몇 배나 더 심하게 무시하고 깔봐야 주인들이 좋아한다는 대목에 이르면, 당시의 실력자 정치인들에게 비굴하게 아첨하던 정치모리배들과 현대판 정치모리배들이 연상된다. 그 외에도 작품 도처에 등장하는 각종 하인들의 많은 책략과 술수, 편법들 하나하나의 이면에 깔린 동기들은 현대 인간들의 동기들과 전혀 다를 바가 없다.

이런 면에서 이 작품은 표면적으로는 하층민 하인들의 행태와 심리에 대한 조소와 조롱을 통한 풍자가 주목적이라고 할 수 있지만, 이면적으로는 스위프트의 다른 작품들에서와 마찬가지로 일그러지고 타락한 인간 본성에 대한 심각한 공격이라고 말할 수 있을 것이다.